# 故事里的《诗经》

韩高年　王素洁　编著

甘肃文化出版社

甘肃·兰州

图书在版编目（ＣＩＰ）数据

故事里的《诗经》/ 韩高年，王素洁编著. -- 兰州 ：
甘肃文化出版社，2025.4
ISBN 978-7-5490-2355-4

Ⅰ．①故… Ⅱ．①韩… ②王… Ⅲ．①《诗经》－通
俗读物 Ⅳ．①I222.2

中国版本图书馆CIP数据核字(2021)第201797号

# 故事里的《诗经》

GUSHI LI DE SHIJING

韩高年　王素洁 | 编著

责任编辑 | 刘　燕
封面设计 | 兰州大雅文化

出版发行 | 甘肃文化出版社
网　　址 | http://www.gswenhua.cn
投稿邮箱 | gswenhuapress@163.com
地　　址 | 兰州市城关区曹家巷 1 号 | 730030（邮编）

营　　销 | 贾　莉　王　俊
电　　话 | 0931-2131306

设计制版 | 兰州大雅文化艺术有限公司
印　　刷 | 兰州银声印务有限公司
开　　本 | 787 毫米 ×1092 毫米　1/16
字　　数 | 250 千
印　　张 | 12.75
版　　次 | 2025 年 4 月第 1 版
印　　次 | 2025 年 4 月第 1 次
书　　号 | ISBN 978-7-5490-2355-4
定　　价 | 78.00 元

目录

引 言 / 1

《诗经》 13
中的上古婚恋习俗

《郑风·野有蔓草》：仲春"会男女" ·············· 14

《召南·摽有梅》：抛梅择偶之俗 ·············· 18

《豳风·七月》《大雅·韩奕》中的媵婚习俗 ·············· 22

《豳风·伐柯》："父母之命，媒妁之言" ·············· 25

《唐风·绸缪》《齐风·著》《郑风·有女

同车》：婚礼的由来 ·············· 27

《周南·桃夭》《周南·樛木》《周南·螽斯》：多子多福 ·············· 33

《诗经》 38
隔河相望型的爱情故事

《周南·关雎》：隔河相望型的爱情 ·············· 39

隔河相望型爱情故事的魅力 ·············· 41

周文王与《周南·关雎》 ·············· 43

《周南·汉广》与孔子考验女子的故事 ·············· 47

《周南·关雎》何以成了"爱情指南"？ ·············· 49

《周南·关雎》型爱情故事的启示 ·············· 52

《郑风·女曰鸡鸣》:恩爱夫妻的典范 ┈┈┈┈┈┈ 56

《郑风·缁衣》:夫贵妻荣的故事 ┈┈┈┈┈┈ 60

《唐风·无衣》:我的眼里只有你 ┈┈┈┈┈┈ 63

《鄘风·载驰》:许穆夫人的故事 ┈┈┈┈┈┈ 65

《郑风·有女同车》:"齐大非偶"的故事 ┈┈┈┈┈┈ 71

《卫风·河广》:慈母与爱子的故事 ┈┈┈┈┈┈ 75

《诗经》
里的家庭剧
55

《诗经》80
中的"弃妇"故事

《卫风·氓》:自由恋爱结苦果 ┈┈┈┈┈┈ 81

《小雅·我行其野》:他乡婚姻 ┈┈┈┈┈┈ 89

《小雅·车辖》:王后的爱情 ┈┈┈┈┈┈ 93

《邶风·绿衣》:庄姜的婚姻悲剧 ┈┈┈┈┈┈ 99

《郑风·遵大路》:不念旧情的良人 ┈┈┈┈┈┈ 103

《邶风·谷风》:患难未必见真情 ┈┈┈┈┈┈ 107

淇水
流域的讽刺诗与卫国的
宫闱秘史
111

《卫风·硕人》: 卫君无道,红颜命薄 ⋯⋯⋯⋯⋯⋯⋯ 112

《邶风·新台》: 父夺子妻的丑闻 ⋯⋯⋯⋯⋯⋯⋯⋯ 116

《邶风·二子乘舟》: 卫国节士的故事 ⋯⋯⋯⋯⋯⋯ 118

《鄘风·墙有茨》: 夷姜的悲剧 ⋯⋯⋯⋯⋯⋯⋯⋯⋯ 122

《鄘风·鹑之奔奔》: 宣姜的故事 ⋯⋯⋯⋯⋯⋯⋯⋯ 125

《卫风》旧事遗恨无限 ⋯⋯⋯⋯⋯⋯⋯⋯⋯⋯⋯⋯⋯ 129

《齐风·鸡鸣》: 齐哀公的故事 ⋯⋯⋯⋯⋯⋯⋯⋯⋯ 131

《齐风·东方之日》: 齐地美女也疯狂 ⋯⋯⋯⋯⋯⋯ 134

《齐风·南山》: "雄狐"事件 ⋯⋯⋯⋯⋯⋯⋯⋯⋯⋯ 136

《敝笱》《载驱》: 笱敝鱼脱 ⋯⋯⋯⋯⋯⋯⋯⋯⋯⋯ 140

《召南·何彼襛矣》: 一代霸主齐桓公的婚姻故事 ⋯⋯ 146

《齐风》
中的齐地婚恋故事
131

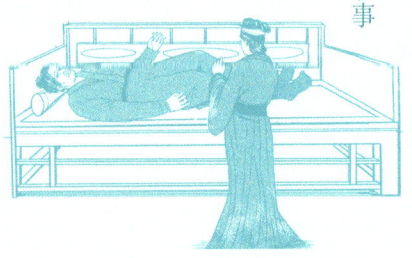

《诗经》中相爱与守候的故事　149

《卫风·伯兮》：忠贞的守候 …………………… 149

《王风·君子于役》：无奈的守候 …………………… 157

《周南·卷耳》：绝望的守候 …………………… 160

《召南·殷其雷》：忧国忧民的守候 …………………… 162

《郑风·褰裳》《狡童》：热恋中的等待 …………………… 164

《豳风·东山》：一个士兵的等待 …………………… 166

《陈风》巫风激荡下的神秘恋情　170

《陈风·月出》：一轮明月照古今 …………………… 171

《陈风·宛丘》：洵有情而无望 …………………… 178

《陈风·东门之枌》：贻我握椒 …………………… 182

《陈风·东门之池》《东门之杨》：东门之会 …………………… 185

《陈风·泽陂》：盛开的莲花 …………………… 187

《陈风·防有鹊巢》：鹊巢鸠占之忧 …………………… 189

《陈风·株林》：夏姬的故事 …………………… 191

后　记 …………………… 197

# 引 言

## 一

　　《诗经》本名《诗》，又称《诗三百》，共收录商周时期的诗歌305首。据《左传·襄公二十九年》关于"季札适鲁观乐"的记载，今本《诗经》的文本大体编成于春秋中期。《诗经》虽然是一部上古诗歌集，但由于诗篇的文学性和思想性都很突出，故一直以来受到人们的普遍重视，并形成了以《诗》为教的"诗教"传统。春秋时期的"君子"，把能用《诗》表情达意当作有教养的标志。自从《诗》编成后，就成为当时和后世"君子"讽诵和引证的对象，在古代属于必读之书。战国时期成为"五经"之一。汉代以后，《诗经》的地位进一步得到强化，并不断地被阐释。《诗经》因此也成专门之学。由于存在年代久远、语言文字的障碍等问题，今天的读者虽有意阅读了解它，却只能望而却步！为了解决这个难题，我们采取一个便捷的办法，即通过讲述诗篇背后的故事来了解《诗经》。之所以如此，一方面是因为《诗经》的背后的确有精彩的故事！另一方面因为历代解说《诗经》，均采取"事件诗学"的阐述路径。

采取讲故事的方式读《诗经》也符合其创作的动机。在殷周时期，诗歌很少离事言情。所谓"事"，就是指特定的事件，或者是朝廷宗庙之大事，如战争、祭祀、朝聘等；或者是田野山林的事件，如春耕、秋收、恋爱、婚嫁等。一首首诗，都是在特定社会生活中发生的"事件"的背景下产生的。美国学者梅维恒主编的《哥伦比亚中国文学史》中说："《诗经》'国风'部分独一无二的那些诗歌，其特点是以简短、重复和往复的诗歌方式，远离'雅''颂'中所记颂的朝廷宗庙活动，转而讲述田间乡野日常生活的故事插曲。这些诗歌与'雅''颂'中的诗歌形成了鲜明的对比，让人想起游说者的

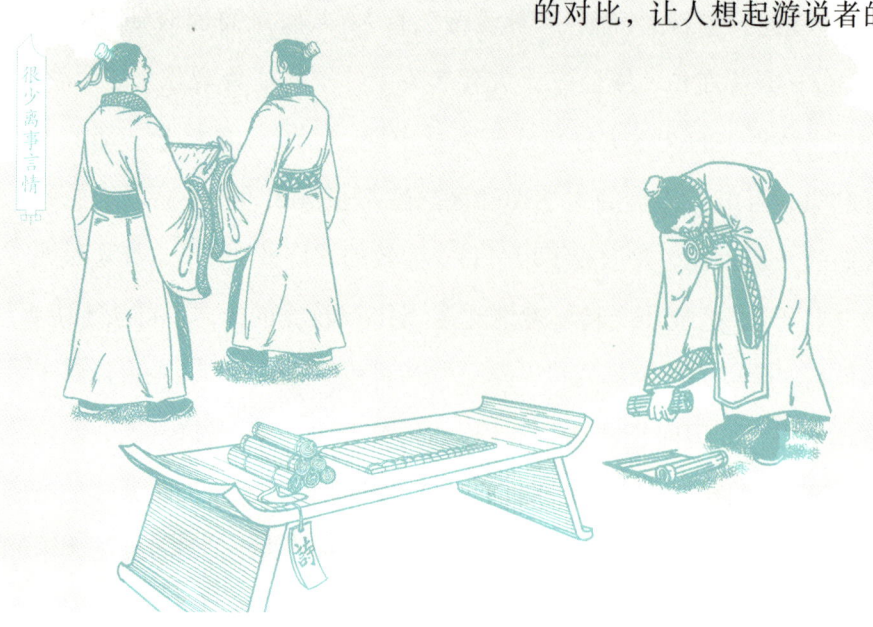

小故事（'说'）——游说者以此来博听者一乐，同时也教导他们。'国风'中的故事诗也许是这一修辞工具的前驱。《韩非子》和《淮南子》中收集并评论'说'的那些著名章节也许正是模仿'国风'故事诗的汇编。"

其实，不只"国风"中有故事，"雅""颂"诗中也有。例如《大雅》中的《生民》等五首"周民族史诗"，本身就是对周族历代祖先事迹的歌咏和周民族迁徙发展壮大历史的追述。司马迁写《周本纪》，很多周人祖先的事迹都取自《诗经》"史诗"。再如《商颂》中的《玄鸟》《长发》《殷武》，则是对商民族起源和发展的追忆。还有一些诗是对当时"新闻事件"的"评论"。如《郑风》中的《叔于田》《大叔于田》二诗，《诗序》认为是"刺庄公也。叔处于京，缮甲治兵，以出于田，国人说而归之""大叔多才而好勇，不义而得众也"。"大叔"就是二诗中的"叔"，也就是郑庄公的亲弟弟共叔段，他的事，又见于《春秋·左传》"郑伯克段于鄢"一节，这是春秋时期社会传述的事件。还有一些抒情诗，尤其是一些恋歌，看似为纯抒情的作品，也都是由主人公的故事生发出来的。举凡种种，可见诗篇里或诗文本的背后，确实是反映或隐藏着许多精彩的故事。其中，有民族迁徙的故事、战争的故事、爱情的故事和国家兴亡的故事。"故事"的主人公有英雄人物，但大多数是当时社会的普通人。

孔子曾说，"《诗》可以观"（《论语》）。所以《诗经》流传中产生的故事和事件，也是数不胜数。最典型的例子，就是发生在春秋时期的"季札观乐"。《左传·襄公二十九年》载：

吴公子札来聘，见叔孙穆子，说之。谓穆子曰："子其不得死乎？好善而不能择人。吾闻君子务在择人。吾子为鲁宗卿，而任其大政，不慎举，何以堪之？祸必及子！"请观于周乐。使工为之歌《周南》《召南》，曰："美哉！始基之矣，犹未也，然勤而不怨矣。"为之歌《邶》《鄘》《卫》，曰："美哉，渊乎！忧而不困者也。吾闻卫康叔、武公之德如是，是其《卫风》乎？"为之歌《王》曰："美哉！思而不惧，其周之东乎？"为之歌《郑》，曰："美哉！其细已甚，民弗堪也。是其先亡乎！"为之歌《齐》，曰："美哉，泱泱乎！大风也哉！表东海者，其大公乎？国未可量也。"为之歌《豳》，曰："美哉，荡乎！乐而不淫，其周公之东乎？"为之歌《秦》，曰："此之谓夏声。夫能夏则大，大之至也，其周之旧乎？"为之歌《魏》，曰："美哉，沨沨乎！大而婉，险而易行，以德辅此，则明主也。"为之歌《唐》，曰："思深哉！其有陶唐氏之遗民乎？不然，何忧之远也？非令德之后，谁能若是？"为之歌《陈》，曰："国无主，其能久乎？"自《郐》以下无讥焉。

　　为之歌《小雅》，曰："美哉！思而不贰，怨而不言，其周德之衰乎？犹有先王之遗民焉！"为之歌《大雅》，曰："广哉，熙熙乎！曲而有直体，其文王之德乎？"

　　为之歌《颂》，曰："至矣哉！直而不倨，曲而不屈；迩而不逼，远而不携；迁而不淫，复而不厌；哀而不愁，乐而不荒；用而不匮，广而不宣；施而不费，取而不贪；处而不底，行而不流。五声和，八风平；节有度，守有序。盛德之所同也！"

按：《季札观乐》是孔子诗论之前非常完整的文艺批评，涉及多个方面，对当时及后世均有很大的影响。其一，由此年"观诗"可知，周代人对"诗乐"进行过系统的整理，为诗歌批评奠定了基础。其二，可知当时诗、乐、舞是一体的，相互为用。其三，季札指出不同地域诗歌的优缺点，反映当时对乐调与诗歌风格多样化的欣赏。其四，季札借诗论政，是对"观志"批评方法的继承与发展。后来《吕氏春秋·适音》云："凡音乐，通乎政而移风平俗者也。俗定而音乐化之矣。故有道之世，观其音而知其俗矣，观其政而知其主矣。"《礼记·乐记》云："声音之道，与政通矣。""审音以知政，而治道备矣。"

两者都提到"治世"之音和"乱世"之音的特点及二者与政治的关系。这显然受到季札之说的影响。其五，季札赞美《邶风》《鄘风》《卫风》"忧而不困"，《王风》"思而不惧"，《豳风》"乐而不淫"，又用"直而不倨，曲而不屈"等赞美《颂》，显然是《尧典》中"直而温，宽而栗，刚而无虐，简而无傲"等的观念，以及《唐风·蟋蟀》"好乐无荒"和赵孟所谓"乐而不荒，乐以安民，不淫以使之"（《左传·襄公二十七年》）等思想的发展，表现出对中和之美的强烈向往，为孔子赞美"《关雎》乐而不淫，哀而不伤"的先驱。以上几方面都表明，当时对于诗歌品评鉴赏的理论已经相当成熟。诗的专门化与职业化，意味着艺术已经从早期简单的群众参与的艺术转变为专门化、职业化的观赏性艺术。春秋诗歌由"作诗"（创作）的阶段进入"用诗"的阶段。

之后在"用诗"的过程中，产生的故事不胜枚举。最为典型的，如《小雅·蓼莪》中的故事。朱熹《诗集传》在《蓼莪》一诗后言："晋王裒以父死非罪，每读《诗》至'哀哀父母，生我劬劳'，未尝不三复流涕，受业者为废此篇，诗之感人如此。"王裒因父亲被司马懿所怨杀，屡招不仕，隐居教学。每读《蓼莪》，便想起父母，以致痛哭流涕。为了不刺激先生，门人再读《诗经》便跳过这首诗。《诗经》在流传过程中产生的故事很多，留待下文细说，兹不繁举。

二

《诗经》中的"十五国风"，是来自周天子统治下的十五个不同地方的诗歌，这些诗都是用带有地方色彩的曲调演唱的，它们反映着当地人们的劳作、行旅、恋爱等，诉说着人们的喜怒哀乐。《大雅》《周颂》《鲁颂》和《商颂》都是人们在祖庙里祭祀祖先时的乐歌，是用周人和殷商的雅乐伴奏的。《小雅》中的大部分作品介于风诗和颂诗之间，是周朝的贵族和官吏们抒发个人情感和议论时政的作品。到了春秋中期，有人把上述三类诗的文本编辑在一起。今本《诗经》，就在这个时候产生了。

从《左传》《国语》等书的记载来看，春秋时期的贵族把能诵读《诗经》，能在正式的宴会和典礼等场合通过朗诵《诗经》中的句子委婉地表达自己的情意作为君子风雅的标志。据《左传》载，有一次，郑国的国君在垂陇宴请晋国执政大臣赵孟。晋国是大国，郑国君臣不敢怠慢。因此席间作陪的有子展、伯有、子西、子产、子大叔、印段及公孙段等郑国的头面人物。赵孟见状，想试试郑国君臣的文化素养，就故作谦虚地说："七位大臣前来陪同，真是荣幸啊！我提议诸位都即席朗诵《诗》篇，传达心意，我也好见识一下诸位的文雅风范啊！"于是，子展即席朗诵了《周南》中的《草虫》，诗中说："未见君子，忧心忡忡。亦既见止，亦既觏止，我心则降！"表示对赵孟的仰慕之意。赵孟听了非常高兴，但还是谦虚地说："您称颂的君子，是老百姓的明君啊，我还不够资格。"轮到伯有，他朗诵了《鄘风》中的《鹑之贲贲》，诗中说："人之无良，我以为君。"这首诗本是说夫妻相怨之事，在这种场合朗诵很不合适，所以赵孟说："家丑不可外扬，夫妻床第间所说的话还是不要说给外人听为好！"表达对伯有的不满。轮到子西了，他朗诵了《小雅》中《黍苗》的第四章，赞美赵孟像周朝大贤召伯一样能安邦定国。赵孟辞谢说："都是国君的功劳，我不敢当啊！"接下来，子产朗诵了《小雅·隰桑》，诗中反复说："既见君子，其乐如何？"表达对赵孟的敬重。赵孟心知其意，也了解到子产是个了不起的人物，所以高兴地说："我接受《隰桑》的最后一章：'心乎爱矣，遐不谓矣？中心藏之，何日忘之？'愿我们彼此珍存这份友谊！"这就是春秋君子们的"赋诗言志"。

正因为如此，儒家特别重视《诗经》。孔子在很多场合都提到读《诗经》的重要性。有一次，儿子伯鱼向孔子请教读书的事，孔子对伯鱼说："年轻人，为什么不去诵读《诗经》呢？那可是一部很有用的书啊！读《诗经》可以有所感悟，可以从中了解社会状况和风俗人情，并且可以使人们更合群，也可以学会如何将心中的苦闷通

过诗抒发出来。就眼前说，读了它，你可以知道如何侍奉父母，处理好家庭关系。就长远说，诵读《诗经》，可以学会做官的本领。从最低层次来说，读《诗经》，可以使人变得博学，知道很多鸟啊野兽啊昆虫啊鱼啊的名字。"听了孔子的一席话，伯鱼就认真地读起了《诗经》。门下学生看到孔子对儿子都这样要求，所以他们也都纷纷读《诗经》。

　　儒家把《诗经》当作培养学生的教材，通过读《诗经》培养他们运用语言的能力，并从中得到做人和为政的经验。有一次，孔子很认真地对学生们说："不学习《诗经》，就不懂得雅言和说话演说的技巧。如果将《诗经》三百篇诵读得很熟，但作为官员向老百姓传达政令而不清楚生动，或者接受本国君主的使命出使其他诸侯国时，不能在重要场合流利应对他国的大臣或国君，虽然会诵读很多篇诗，也是徒然啊！"学生领会了老师的意图，所以收获都很大。子贡和子夏都曾因为善于从《诗经》名句中得到做人做事的启发而受到孔子的表扬。《诗经》的《卫风·淇奥》中说："如切如磋，如琢如磨。"子贡读了这句诗后感叹，人在道德修养方面也应当精雕细刻，严格要求自己。《三字经》中的"玉不琢，不成器"就是这个意思。子夏向孔子请教《卫风·淇奥》中的"巧笑倩兮，美目盼兮，素以为绚兮"是什么意思。孔子没有直接回答他，而是用温和的语气启发他："画工绘画要在素底上面画……"子夏受到启发，应声答道："我知道了！老师！这句诗的意思是美貌固然吸引人，但应当更重视德行啊。礼节也是这样的，只有发自内心自然流露的才合乎礼啊！"孔子听了激动地说："子夏说的对我也很有启发啊！"据说，孔子晚年对《诗经》的乐章作过修订，他容不得"郑卫之声"乱了雅乐。所以到临终时还在努力工作。

因为儒家的以《诗》为教，形成了影响中国古代的"诗教传统"，这就使《诗》成了历代读书人必读的书，因此，也使其成为中国古代一部文学与思想的双重经典。

## 三

当今，电视、网络和新媒体的出现，正在改变着人们的阅读习惯。以娱乐性为核心的大众文化和审美趣味，导致人们用戏谑和娱乐的态度改编和接受经典。对《诗经》也是如此。让我先举一个例子。某电影中有一个人物，名叫黎叔，他是个江湖大盗，把杀人越货当作正当事业来做！他发牢骚说："人心散了，队伍不好带了！"他还附庸风雅，口出豪言说："知我者谓我心忧，不知我者，谓我何求？"

这句听起来文绉绉的话，竟然出自一个江湖大盗之口，颇有一种滑稽和调侃的效果。但大家在看电影会心一笑的时候，可能并没有注意它的出处。这句话出自《诗经·王风·黍离》，这首诗本来是表达亡国之痛的。说的是，西周末年，周幽王因为宠爱褒姒导致国家灭亡，周平王只好东迁到洛邑（今河南洛阳附近），这就是历史上所说的东周。周平王时期的一个大夫，因为公务来到过去西周的都城镐京附近，看到原来高大的城池、巍峨的宫殿已经毁于战火，被夷为平地，并且在废墟之上已经长满了绿油油的庄稼。这位老臣忍不住故国之悲，流下了伤心的眼泪。于是，就写下了《黍离》这首诗。后来，《黍离》之悲，就成为亡国之痛和忧国忧民的代名词。

电影中的这个黎叔，他居然口吐《诗经》中的忠臣之言，真的是太有反讽意味了。这是导演的高明处，他用《诗经》的故事埋下伏笔，演绎了江湖的故事。

早在1967年，德裔美国哲学家汉娜·阿伦特在反思了大众文化后说过这样一段话：

这种在世界上独一无二的状况可以被称为"大众文化"，它的倡导者既不是大众也不是艺人，而是那些试图用曾经是文化中真实可信的东西来娱乐大众的人，或是那些试图证明《哈姆雷特》和《窈窕淑女》一样有趣，一样具有教育意义的人。大众教育的危险在于它可能真的变成一种娱乐。有很多过去的伟大作家经过了几个世纪的销声匿迹，如今又重新回到了人们的视野，但我们不知道，他们作品的娱乐版还能否留在人们心里。

阿伦特所说的上述情形，在我们今天的社会中也普遍存在。让电影中的黎叔口吐《诗经》之言，是典型的将经典"娱乐化"！其目的在于形成一种能够产生喜剧感的巨大反差。应当说，这不是传承经典的最好方式。

那么，问题来了，《诗经》这样一部经典，在当代社会中有没有传承的必要？如果有，正确的方式有哪些呢？答案还需要我们不断探索。20世纪初，梁启超在《要籍解题及其读法》中论"读《诗》法之一"说："诗三百，为我国最古而最优美之文学作品……前后数百年间各地方各种阶级各种职业之人，男女两性之作品皆有，所写情感对于国家社会，对于家庭，对于朋友个人相互交际，对于男女两性间之怨慕……莫不有其代表之作，其表现情感之法，有极缠绵而极蕴藉者……有极委婉而实极决绝者……有极沉痛而一发务使尽者……有于无字句处写其深痛或挚爱者……有辞繁而不杀以曲达菀结不可解之情者……有极旖旎而含情邈然者……凡此之类，各极表情文学之能事。故治《诗》者宜以全《诗》作文学品读，专从其抒写情感处注意而玩赏之，则诗之真价值乃见也。"除了要传承其思想的、文学的"经典性"，我认为还应当特别注意其情感教育的作用和语言运用的技巧等方面。

《诗经》中亡国的故事太沉重了！电影中江湖的故事又太险恶了！所以在本书中我不准备讲这些。因为这也不是《诗经》故事中最动人的。《诗经》中最动人的故事是什么呢？是爱情的故事！所以我们主要借助解读《诗经》中的婚恋诗，来尽可能客观还原出其背后的爱情故事。通过这些恋爱和婚姻的故事，让我们一齐去领略《诗经》中的婚姻恋爱习俗，了解当时人们的婚姻恋爱观念，走进他们的情感世界。孔子曾说："《诗》可以兴，可以观，可以群，可以怨。"（《论语·阳货》）借助《诗经》中的爱情故事，我们可以陶冶情操。在对诗篇主人公理解的同情中，保持我们日益麻木的情感感知力；在一个个动人故事的演绎中，重拾爱的能力，学会爱自己和爱他人的方法。

# 《诗经》中的上古婚恋习俗

先秦时期，尤其到了周朝，虽然已经迈入文明社会的门槛，但仍保留了许多上古时期奇异的婚恋习俗。《诗经》中有些诗篇，就是对这些原始婚姻恋爱习俗的反映。这些诗篇的背后，隐含着很多有趣的故事。在这一章中，我们通过对一些诗篇的解读，带领读者去领略上古时期青年男女在恋爱和婚姻生活中发生的种种故事。

## 《郑风·野有蔓草》：仲春"会男女"

　　周朝虽以礼乐文明著称，可在当时的社会上还存在着一些源自上古社会的婚恋习俗。在仲春时节，男女未经父母之命、媒妁之言而私订终身的，也多为所见，并为当时的舆论和礼制所允许。在仲春之月，男女游春踏青，在野外邂逅，一见钟情的，也在一定范围内受到社会的认可。《周礼·地官·媒氏》记载：

> 媒氏掌万民之判。……仲春之月，令会男女，于是时也，奔者不禁。若无故而不用令者，罚之。司男女之无夫家者而会之。

　　这段话是说：在周代，由媒氏负责老百姓的婚配。每到三月前后，男女在田野和郊外相会。这期间私订终身的，官府和舆论不得禁止。如果无特殊情况而不遵守这一法令的，就要受到处罚。之所以这样，主要是为那些因故无法成婚的男女提供相见的机会。《管子·入国》也记载："凡国都皆有掌媒。丈夫无妻曰鳏，妇人无夫曰寡，取鳏寡合和之，予田宅而家室之，三年然后事之，此谓之合独。"可见，齐国也曾有此制度。这是为了增加人口而制定的特别政策。其用意与《国语·越语》所载勾践为使人口增多而鼓励生育的做法一样。只不过，仲春会男女的场面，更像是当今的大型"相亲会"！

　　《史记·孔子世家》中说，孔子的父亲叔梁纥与颜氏女在野外相遇，一见钟情而生下了孔子。太史公并未因孔夫子是圣人而为之避讳，称其是父母"野合"而生。由司马迁不为圣人讳言来看，这种事到汉朝的时候也不是什么丑事。汉代学者编的《礼记》中有一篇《月令》，也记载说仲春之月"安萌牙，养幼小，存诸孤。择元日，命民社"，还要"以大牢祠于高禖"。这是"与会男女"一起进行的活动。在 20 世纪以来出土的汉代画像石上，还清楚地记录了"野合"的场面。可见，汉代仍然存在这种特殊的男女交往的情形。这可能是对婚姻制度的一种补充——为过时而未能婚配的人提供见面相识并进而缔结婚约的机会吧！《诗经·郑风》中的《野有蔓草》就与仲春会男女的风俗有关，是写发生在郑国郊外的野合之俗的诗，诗中唱道：

> 野有蔓草，零露漙兮。有美一人，清扬婉兮。邂逅相遇，适我愿兮。
> 野有蔓草，零露瀼瀼。有美一人，婉如清扬。邂逅相遇，与子偕臧。

这首诗说的是谁的故事，已经无从考究了。诗以第一人称"我"的口吻抒发邂逅相遇的欢欣，并记录了一种奇特的风俗。诗的大意是：

> 郊野的青草密又长，露珠晶莹湿我裳。野外遇见人一个，满心欢喜我心慌。
> 郊野的青草密又长，露珠成串闪银光。野外遇见人一个，你情我愿诉衷肠。

诗中描写一个男子和一个女子野外相遇、一见钟情、相互爱慕的故事。传统解说《诗经》的《诗序》为："思遇时也。君之泽不下流，民穷于兵革，男女失时，思不期而会焉。"意思是说，这首诗借男女青年在野外幽会的事来抒发有志者不得施展其抱负的苦闷。《诗序》的作者看出了诗中所写的是，因为战争耽误了结婚的男女到郊外幽会，这是典型的"野合"习俗，但又遮遮掩掩，说是借野合之事寄托人臣不得明主之痛，对诗的解释闪烁其词。近代学者黄节在其著作《诗旨纂辞》中解释这首诗说："韦昭《毛诗答问》曰：时草始生，而云蔓者，女情急欲以促时也。自是以来，欧阳修、逸斋、王质、朱子、严粲，皆以为男女之诗。"结合诗中所说来看，黄节的说法比较可信。《野有蔓草》出自《郑风》，是郑国的地方歌谣，应是在郑国都城近郊溱、洧之滨三月上巳节的背景下，是男女在郊外欢会之诗。据现代学者孙作云《诗经恋歌发微》一文的考证：在周代，春暖花开之时，令男女相会、野合是合法的。不过时间仅限于仲春之月，过了这个时

《野有蔓草》男女相望

节，这种行为就要受礼法的约束了。

《郑风》中还有一首《山有扶苏》，从其内容看，大概也是写仲春之月男女相会之事。然而这首诗中男女主人公的命运与《野有蔓草》完全不同。这次的约会似乎并不成功。诗中唱道：

山有扶苏，隰有荷华。不见子都，乃见狂且。
山有桥松，隰有游龙。不见子充，乃见狡童。

现代研究《诗经》的著名学者孙作云曾指出：“从二月起，人们离开了自己的家庭，到野外生活，从事农业劳动，因此，有许多风俗习惯，也可以说是典礼仪式，多在农历二月或三月初举行。其中之一，便是有关男女恋爱的许多活动。”（《诗经恋歌发微》）这首诗提到了野外的风景，当然不是随意提到，而是与这春天的风俗相关。诗中的“子都”“子充”，似是女主人公约会的对象，但他们到底是什么人也不得而知了。诗的大意是：

山上长着扶苏树，湿地开着红莲花。我没遇到美男子，偏偏逢着个大傻瓜。
山上长着大松树，洼地开满游龙花。我没遇到美男子，偏偏逢着个大呆瓜。

这首诗的起兴饶有趣味：扶苏树和红莲花的对接与组合，具有隐喻和象征的意味。这首诗中的女子，伴着春天明媚的景色来到野外，看着高大的树木、芬芳的花朵，多么希望自己能够邂逅一位像子充那样的美男子啊！然而她的运气太差了，遇到了一个不解风情的傻小子。于是，她把满腔的气恼通过这首歌唱了出来。有人说，诗歌就是欲望的艺术化表现！借助以上两首诗，我们可以穿越数千年，感受到充满青春活力的青年们渴望爱的焦虑与得到爱的喜悦。

其实，《郑风》中的《溱洧》《狡童》《鄘风》，以及《桑中》《卫风》中的《有狐》等诗，都是这种风俗的产物。仔细分析以上几首诗，其背后所反映的"野合"习俗，是一种补救性的"制度"。因此，诗中的主人公，虽相遇在野外，但最终都要回归家庭。用马尔库塞的话说就是："非压抑性秩序之可能存在的唯一条件是，性本能借助其自身的原动力，在变化了的生存条件和社会条件下，在成熟个体之间形成持久的爱欲联系。"在这里，"本能摆脱了压抑性、理性的暴政，走向自由的、持久的生存关系，就是说，它们将产生一种新的现实原则"（《爱欲与文明》，黄勇、薛民译，上海译文出版社 1987 年版）。


## 《召南·摽有梅》：抛梅择偶之俗


常言道，女大当嫁，又说"女大不中留"。女孩子长到二十来岁，就该张罗婚姻大事了。在今天的社会里，男女交往比较自由，青年人的婚姻大事多半可以自己解决。那么，在上古时期，女孩子大了没有人来提亲怎么办？别急，一定有办法。《摽有梅》《木瓜》等诗篇，就为我们讲述了一种奇特的择偶习俗。

《摽有梅》为《诗经·召南》第九篇，《诗序》以来的解说都认为

其是女子急于出嫁的诗。这个解说大体不差，但限于儒家只着眼于教化的解读思路，过去对这首诗细节的理解则与诗之本义相去甚远。现在我们根据此诗产生的地域及时代背景，对其内涵重新解说。《摽有梅》一诗云：

摽有梅，其实七兮。求我庶士，迨其吉兮。

摽有梅，其实三兮。求我庶士，迨其今兮。

摽有梅，顷筐塈之。求我庶士，迨其谓之。

这首诗中每章开头的"摽"字，是正确理解此诗的关键。这个字在汉代传授《诗经》的不同学派那里写法有所不同：《鲁诗》《韩诗》作"芨"，《齐诗》作"薰"。这些说法都不可靠，只有《毛诗》作"摽"是对的。然而《毛诗》在解释"摽"字的意义时，却弄错了。《毛传》说："摽，落也。"对"摽"的这个解释直接导致了后人对这首诗内容的误读。其实《毛传》的错误是显而易见的，如果解"摽"为"落"，"落"在现代汉语里是个不及物动词，不能带宾语。这样，则"摽有梅"文义不通，不成句子了。《诗经》中也没有这样的句子。

因此，"摽"应是及物动词，字从"手"，当事人发出的一种动作。《左传·哀公四年》："无不摽也。"杜预注："摽，击也。""摽"字当理解为以物投掷而击。"摽有梅"，就是用梅子投掷某个对象。结合诗的上下文来看，这诗实际是说一个待嫁的女子，岁数不小了还未有人来提亲。家里人没办法，只好在梅子成熟的时候，安排了一场特殊的择婿大会。很多小伙子闻讯而来，人头攒动，姑娘看来看去，选中了一个，就用投掷梅子的方式选择意中人。然而被看中者没有回应，所以姑娘继续抛掷。

原来，这是上古时期一种选择配偶的风俗，类似于后世的抛掷绣球选婿。著名学者闻一多在《风诗类钞》中解释这首诗说："《摽有梅》亦女求士之诗，而摽与投字既同谊（义），梅与木瓜、木桃、木李又皆果属，则摽梅亦女以梅摽男，而以梅相摽，亦正所以求之之法耳。意者，古俗于夏季果熟之时，会人民于林中，士女分曹而聚，女各以果实投其所悦之士，中焉者或以佩玉相报，即相约为夫妇焉。"他还进一步指出："在某种节令的聚会里，女子用新熟的果子掷向她所属意的男子，对方如果同意，并在一定期间里送上礼物来，二人便

《七月》采桑女

可结为夫妇。这里正是一首掷果时女子们唱的歌。"意思是说，在秋天果实成熟的时候举行的一场特殊的"择亲大会"上，未婚女子为一队，未婚男子为另一队，女子用成熟的果子投掷她看中的男子，如果双方愿意，彼此就可以结为夫妻。闻一多先生的说法比较接近这首诗的本义。

除此之外，《卫风》中的《木瓜》一诗，也反映了这种择偶的习俗。《木瓜》一诗这样写道：

投我以木瓜，报之以琼琚。匪报也，永以为好也。

投我以木桃，报之以琼瑶。匪报也，永以为好也。

投我以木李，报之以琼玖。匪报也，永以为好也。

这首诗共三章，分别写女子以木瓜、木桃、木李投向自己中意的男子。男子如果看上了这个姑娘，就有积极的回应，分别赠予对方"琼琚""琼瑶""琼玖"等玉制佩饰。这诗也是对瓜果成熟季节，男女通过投桃报李方式择亲风俗的反映。不过在细节方面与《摽有梅》不同，但恰好可以补充前一首诗之不足。两首诗合起来正好可以看出这种择偶习俗的全貌。以往很多人解说这首诗，对诗中用"投"字，而不用"赠""遗"或"予"大惑不解，主要是因为没有想到这诗背后所隐藏的这种古老而又浪漫的择偶习俗。

在当今的社会，很多青年因为忙于求学、工作，无暇顾及自己的婚姻大事。于是，各种"相亲会"、婚介机构应运而生，其实都是要解决男女青年找对象的问题。但是比较起来，《诗经》中的这种特殊的"相亲会"，幕天席地，人自由自在地融入自然，似乎更加人性化。大家齐聚在大自然的怀抱里，一边品尝瓜果，一边交谈；如对对方有好印象，就投桃给对方，对方如有同感，则报之以信物……一桩美好的姻缘也许就此被确定。这一切，真似奏响了一曲人与自然的交响乐。

## 《豳风·七月》《大雅·韩奕》中的媵婚习俗

由著名音乐家王洛宾作词作曲的一首歌叫《达坂城的姑娘》，这首歌传唱很广。歌中唱道："带着你的妹妹，带着你的嫁妆，赶着那马车来。"大家都喜欢这首歌，但没有思考过一个问题：为什么出嫁的新娘还要带着她的妹妹来呢？原来这首歌反映的就是远古时期盛行的"媵婚"习俗。简单讲，就是一家姐妹几个嫁给同一个丈夫。《诗

经·豳风·七月》第二章说："七月流火，九月授衣。春日载阳，有鸣仓庚。女执懿筐，遵彼微行。爰求柔桑，春日迟迟。采蘩祁祁，女心伤悲，殆及公子同归。"明媚的春光里，黄鹂鸟欢快地叫着，一群衣着艳丽的女孩子，提着竹筐，沿着田间小路向桑林走去。她们一边采摘桑叶，一边陶醉在这春光里。春天的太阳暖暖的，让人生出许多遐想。蚕儿在白蘩上结了茧，姑娘也该出嫁了。然而一想到这件事，就令人忧伤，因为姐姐们出嫁，自己也要随嫁。"殆及公子同归"，意思就是这个姑娘担心以媵妾随从豳公的女公子出嫁。她可能是一个庶出的贵族女子，排行又小，所以只能做媵妾。嫁到夫家，充其量也就是服侍主子的丫头，谁都知道那样的日子不好过！这也就难怪这个多愁善感的女子要在春光明媚中生出这般愁怨了。

此外，《诗经·大雅》中的《韩奕》一诗，也反映了媵婚这种习俗。这首诗叙写周宣王朝新分封于燕的韩侯来京朝见天子，天子赐婚，于是，韩侯奋发图强，捍卫周朝北部边境的事。诗的第四章写道：

> 韩侯取妻，汾王之甥，蹶父之子。韩侯迎止，于蹶之里。百两彭彭，八鸾锵锵，不显其光。诸娣从之，祁祁如云。韩侯顾之，烂其盈门。

这章诗中"诸娣从之，祁祁如云"一句，写随着汾王外甥女、卿士蹶父的女儿嫁给韩侯的，还有众多的媵妾。韩侯非常高兴，亲自到蹶里来迎接新娘及随嫁的媵妾们。迎亲的仪仗有一百多辆车子，浩浩荡荡，绵延数里，新娘和随嫁的姐妹们个个打扮得漂亮动人，像天边的云彩一样，绚丽多姿。这次婚姻显然是周宣王为拉拢韩侯而举行的一场政治联姻。因为到了西周末年，北方的狄邦屡屡侵扰周境，这使得周人非常被动。年轻的韩侯和蹶父的女儿结合，既起到安抚本就是狄族的蹶父的作用，又起到令韩侯忠心为周朝守卫北土的作用。可谓一箭双雕！可本该是男人们捍卫江山社稷，关女人什么事啊！站在现代人的立场来看，这些政治婚姻中女子们的命运真是可惜可叹！然而，如果时光流转，回到周朝，这种婚姻的主人公，倒不一定觉得不幸福。

## 《豳风·伐柯》:"父母之命，媒妁之言"

自由恋爱固然好，但也容易导致悲剧。在周朝，有身份的人家，女子出嫁或男子娶妻一般都要遵守婚礼的规定。说得通俗一点，青年男女要成就一段美好的姻缘，首先要通过"父母之命，媒妁之言"！《诗经》中有一首诗叫《伐柯》，就是一个通过父母之命、媒妁之言而结婚的男子的"结婚宣言"！因为他的婚姻合乎礼仪，所以他很自豪，有夸耀的意思。中国古代把媒人称作"伐柯"，把说媒称为"作伐"，这都出自《豳风·伐柯》。

青年男女在春天的欢会上播下了爱情的种子，孕育出了两情相悦、渴盼牵手的希望，最终化作白头偕老、永结同好的誓言与约定，但这还不够！两个热恋中的情人，还必须要经过"父母之命，媒妁之言"，才能正式进入婚姻，成为"合法"夫妻。《豳风·伐柯》中，一位急着娶妻，又经媒人做媒而终于如愿成了新郎的小伙唱道：

> 伐柯如何？匪斧不克。取妻如何？匪媒不得。
>
> 伐柯伐柯，其则不远。我觏之子，笾豆有践。

诗的大意如下："做个斧柄该如何？没有斧子无法做。男儿娶妻该如何？没有媒人泪滂沱。"（一章）"斧柄装在斧子上，孔大柄细空自忙。良媒说合成婚配，娶来淑女有荣光。"（二章）一般来说，认同一种规范虽然是一种约束，但也会给人们带来强烈的认同感。《伐柯》中这位按周代礼仪走入婚姻的男子，他的心情，大约就和现在年轻人领到结婚证时的心情一样吧！

"我觏之子，笾豆有践"一句，浓缩了这个男子从一见钟情到举行婚礼的全部过程。当时的婚礼，最主要的是"六礼"：纳采、问名、纳吉、纳徵、请期、亲迎。其中前五项，意即提亲、问名姓、占卜吉凶、订婚、商议娶亲日期，都是由媒人传话给双方的父母，协商完成，双方不能直接接触。《齐风·南山》一诗也说："取妻如之何？匪媒不得。"《伐柯》这首诗，也并不是单纯地抒发新郎官对媒人的感激之情，而是寓含深义。诗中有两点值得注意：

一是诗中通过"斧"与"夫"的谐音，以斧与柯的关系比喻夫妻间的关系。斧子用着顺手，手柄很重要；手柄的长短方圆，要与斧子上固定手柄的孔严丝合缝。这就恰如夫妻间的关系要达到和谐，也需要双方都遵守婚礼的规定。今人常说："鞋合不合适，只有脚知道！"这是以鞋子与脚的关系比喻夫妻双方的关系合适与否，与此诗的比喻有相似之处。

二是诗中的"伐柯伐柯，其则不远"一句中的"则"字，有重要的内涵：首先，它指婚姻生活中的"非媒不婚"制度。男女一见钟情，还要媒人到两家说合，最终双方同意，举行隆重的婚礼，将女子娶进家门。之所以如此，是为了避免男女草率苟合，造成严重的后果。用汉代学者郑玄的话说，是"所以养廉耻"（《仪礼·士昏礼》注）。其次，古人认为婚姻是大事，婚礼的整个过程对结婚的双方是一次教育和心灵的洗礼，通过严肃的仪式活动，告诉青年男女婚姻不是儿戏。让他们明白自己在婚姻中所要承担的责任，实际上带有婚姻教育的目的。因为整个婚礼过程中媒人起着关键的作用，她先要到女方家提亲，征得女方家同意后还要问名、请期，媒人来往于男方和女方之间，传达信息。这样大费周章，并不是没事找事，最重要的一点是可以避免难堪。比如，男方家去提亲，女方拒绝，由媒人代为传话，男方也不至于因为被拒而感到尴尬。或者虽然女方答应了男方的提亲，而在问名、纳吉等环节上出现了问题，婚礼也可以就此取消，而避免了麻烦。《伐柯》这首诗，重点强调在上古社会里媒人在男女缔结婚约过程中的重要性，也认为婚礼是具有神圣性的人生礼仪。正因为如此，古代才把媒人称为"伐柯"，把做媒叫"做伐"。

这里"伐柯伐柯，其则不远"中的"则"，本指"礼"，后来也引申为做一切事情的准则。"其则不远"就是做任何事情都必须守规矩，才能协调、平衡。清代学者牛运震《诗志》中的"'其则不远'，另生一意便深"，正指此而言。

## 《唐风·绸缪》《齐风·著》《郑风·有女同车》：
## 婚礼的由来

人们常说，人生最快乐、最幸福的事有三件：洞房花烛夜、金榜题名时和他乡遇故知。古希腊有一个神话传说，其中也说相爱的男女本为一体，后竟分离。所以人从一生下来，就在不停地寻找自己的另一半，找到了才算安心。这故事中包含寻找意中人，结为连理，白头偕老，方可找到幸福的意思。

周代婚礼"六仪"之中最重的是"亲迎"之礼。当今人们举行婚礼，还基本保留了"亲迎"之礼。亲迎是由新郎准备好礼物和车

问名　纳吉

纳采

纳徵

请期

《伐柯》媒婆

子，去女方家，因为于昏（黄昏）时出发，所以称为"昏"，后来写作"婚"，这是婚礼的由来。为什么在黄昏时分出发呢？据说这源于远古时期的抢婚习俗。远古部落时期，人们已经知道近亲结婚的负面影响，所以尽可能地和外族通婚。然而，有时无法通过正常的方式和外族通婚，于是就出现了抢婚。抢婚时男方结队而来，要乘女方所在的部落不备时才行，所以选择在黄昏时分进行。后来相沿成习，婚礼中的亲迎也在昏时进行。

　　《诗经》中有的诗展现了新郎和新娘在婚礼上的期待、激动、喜悦和幸福，他和她在经历了互赠信物、遣媒说亲等礼节后，终于到了举行婚礼的良辰吉日，一想到马上就可以和对方朝夕相处，并且在贤淑善良又美丽温柔的她的帮助下，承担起家族传承的重任，新郎的内心怎能平静哟！《唐风·绸缪》说：

绸缪束薪，三星在天。今夕何夕，见此良人？子兮子兮，如此良人何？

绸缪束刍，三星在隅。今夕何夕，见此邂逅？子兮子兮，如此邂逅何？

绸缪束楚，三星在户。今夕何夕，见此粲者？子兮子兮，如此粲者何？

"绸缪"，《毛传》："犹缠绵也。""束薪"与"束刍""束楚"一样，都指劈柴作炬、喂马驾车，准备去迎娶新妇。《诗经》中凡是以析薪起兴的诗，均是表达娶妻喜悦的。这首诗也不例外，表达的是得遇良人，成就新婚的喜悦。周代举行婚礼的核心是亲迎之礼。到了亲迎那天的傍晚，新郎举着火炬，驾着黑色的车子，后面跟着随行的车队，到女方家去接亲。这首诗描写新郎准备去迎亲时的心情，诗的大意如下：

扎好火炬去迎亲，三星出来就启行。今天夜里多幸福啊，即将见到心上人。心上人啊心上人，满怀欣喜把你迎。

捆扎火炬去迎亲，三星升起就出行。共牢合卺在今夜啊，洞房花烛我成亲。心上人啊心上人，满怀欣喜把你迎。

捆扎荆条去迎亲，三星照门就出行。今天夜里真兴奋啊，洞房花烛我成亲。心上人啊心上人，满怀欣喜把你迎。

《绸缪》傍晚迎亲

新郎已经满怀期待地出发了，新娘子的感受又如何呢？

《齐风·著》中就写了一个等待新郎来迎接自己的新娘心中的焦急，她盼望着新郎早些来，但出于害羞或其他原因，又不能跑到门外去张望新郎是不是快到了。因为这是违礼的。她总是担心新郎快到了，因此催促家里人赶快给她打扮。她急切地唱道：

俟我于著乎而，充耳以素乎而，尚之以琼华乎而。
俟我于庭乎而，充耳以青乎而，尚之以琼莹乎而。
俟我于堂乎而，充耳以黄乎而，尚之以琼英乎而。

诗的大意如下：

　　我的新郎，他已经站在屏门把我等啊！我好像看到他的充耳用的白丝绳啊！上面还加了一个红玉填啊！

　　我的新郎，他已经到了庭门把我等啊！我好像看到他的充耳用的青丝绳啊！上面还加了一个白玉填啊！

　　我的新郎，他已经到了正堂将我迎啊！我好像看到他的充耳用的黄丝绳啊！上面还加了一个黄玉填啊！

　　此诗写新娘等待她的夫君来迎娶她的焦急情态，可爱极了。

　　终于从女方家接到新娘了，天哪！我的意中人就在眼前，已经在车上了。这是真的吗？新郎很是惶恐，侧眼观瞧：这位美丽的姑娘，她举止大方，气度非凡，这就是我的新娘子啊。《郑风·有女同车》就抓住了这个瞬间，写了新郎在迎亲仪式中的心理。诗中的新郎已经接上新娘向家中进发，他偷偷看着自己的新娘子，被她的美貌所打动，情不自禁地唱道：

　　有女同车，颜如舜华。将翱将翔，佩玉琼琚。彼美孟姜，洵美且都。
　　有女同行，颜如舜英。将翱将翔，佩玉将将。彼美孟姜，德音不忘。

　　全诗大意如下：

　　我的新娘与我同车前行，容颜如木槿花鲜艳红润。她的步态像小鸟般轻盈，她的玉佩如此温润晶莹。我的美人是姜姓的长女，她

高大健康又美艳绝伦。

　　我的新娘与我同车前行，容颜如木槿花鲜艳红润。她的步态像小鸟般轻盈，玉佩随身摇动叮叮有声。我的所爱是姜姓的长女，她美丽善良而娇羞文静。

　　这是新郎迎亲回家路上的所见所想。他赞美新娘的美貌，内心充满了自豪与幸福。《鄘风·桑中》写一个男子热烈地追求意中人而见不到她，就说"云谁之思？美孟姜矣。"《陈风·衡门》写一个因讨不到老婆而心烦的男子发牢骚说："岂其娶妻，必齐之姜？"可见，齐国姜姓的女子是当时的名门闺秀，是理想的伴侣，她们不仅身材高挑，而且皮肤白嫩。《卫风·硕人》盛赞卫庄公夫人庄姜的美丽，也是说齐国姜姓的女子明眸善睐、容貌端庄，是小伙子理想中的爱人。娶到这样一位"孟姜"，难怪《有女同车》中的这位新郎那样欣喜了。正是因为《诗经》中这样歌咏，"孟姜"在后世才成了美丽女子的代名词。

## 《周南·桃夭》《周南·樛木》《周南·螽斯》：多子多福

新郎把新娘接到家里，举行完了共牢合卺之礼，第二天清晨，新娘拜见公婆。之后，他们还要一起手挽着手、怀着兴奋的心情接受来自亲朋的热烈祝福。他们在春天弥漫着青草气息的田野里相识，经过了一整个夏天相思之苦的煎熬，一日不见，如隔三秋啊！终于等来了这幸福的秋天。他和她，理应享受这盛大隆重的婚礼，理应得到这真挚的祝福。先是夫家对新娘的赞美和祝福，《周南·桃夭》中唱道：

> 桃之夭夭，灼灼其华。之子于归，宜其室家。
>
> 桃之夭夭，有蕡其实。之子于归，宜其家室。
>
> 桃之夭夭，其叶蓁蓁。之子于归，宜其家人。

清代学者魏源评论这首诗说："《桃夭》，美嫁取及时也。"春秋时期的贵族之家嫁娶，造就了一个"人面桃花"的典故。仔细想来，桃花艳丽，却不娇贵，乡间村外、阡陌之上，随处可见。诗人是极有生活体验的，花开堪折直须折，莫待花落空折枝！得时者吉，这是天道。簇簇繁花之中，隐含着亲友们对新人的美好希冀。

这首诗的首章，用桃花比喻即将出嫁的新娘。这比喻甚妙，都说

《樛木》家庭和睦

新娘是世上最美艳的女子，这里用桃花作比方，很是恰当。桃花开得热闹，将婚礼的气氛渲染到极致。第二章，祝福之情，溢于言表。花开结果，暗喻新娘可以多子多福。第三章用茂密的树叶作比喻，希望新娘的生活甜蜜幸福。人们认为娶妻是否贤惠，不仅是一个男人成就事业的重要前提，而且关系到一个家族甚至一个国家的兴衰。《史记·外戚世家》中说："夏之兴也以涂山，而桀之放也以妹喜。殷之兴也以有娀，纣之杀也嬖妲己。周之兴也以姜原及大任，而幽王之禽也淫于褒姒。"意思是说，大禹、商汤、周文王，这些明君圣贤能开创夏朝、商朝和周朝，全是因为有涂山女、娀氏女和大任这几位贤内助，而夏桀、商纣、周幽的失天下，是因为遇人不淑！从这个意义上说，"宜室宜家"，并不简单，是当时社会中，人们对新娘最诚挚而又意味深长的祝福。

在成婚时，新娘接受了祝福，她也有对新郎的热情祝福。《周南·樛木》一诗，就是如此。诗中的新娘子深情地唱道：

南有樛木，葛藟累之。乐只君子，福履绥之。

南有樛木，葛藟荒之。乐只君子，福履将之。

南有樛木，葛藟萦之。乐只君子，福履成之。

"樛木"就是枝叶繁茂的大树，"葛"是藤蔓类的植物。诗人用葛的藤蔓缠绕于樛木起兴，创造了一个隐喻夫妻关系的诗歌意象。这首诗的大意是：

你是那南山的一棵大树，我是常春藤啊把你依附。快乐啊，新婚的君子，祝你一生幸福安好。

你是南山挺拔的大树，我是常春藤啊把你缠绕。快乐啊，新婚的君子，祝你一生无比幸福。

你是高大的树一株，常春藤缠绕着把你保护。快乐啊，新婚的君子，我会尽力成就你的幸福。

这首诗中新娘用高大的树和绕树的青藤比喻夫君和她，这种表达，让我们感受到妻子对丈夫的钦佩和敬慕，是一种发自内心的真挚爱情的流露。周代实行一夫多妻制，在夫妻关系上讲男乾女坤，夫唱妇随，因此柔顺嘉慧、不生妒忌是社会公认的女子的优秀品质。

《樛木》是祝福新郎的诗，婚礼上的仪式除此之外，亲朋好友还要一道祝愿新婚夫妇。这祝福大有讲究，其中最为重要的是祝福他们早生贵子，且多生贵子。因为多子多福是当时人们普遍认可的观念。这实际上表达了家族对新婚夫妇传宗接代的热切期盼。《周南·螽斯》唱道：

> 螽斯羽，诜诜兮。宜尔子孙，振振兮。
>
> 螽斯羽，薨薨兮。宜尔子孙，绳绳兮。
>
> 螽斯羽，揖揖兮。宜尔子孙，蛰蛰兮。

螽，类似蝗虫的一种昆虫。这类昆虫繁殖能力极强，所以这位诗人用蝗虫嗡嗡群飞借指家族人丁兴旺，借以祝愿新婚夫妇多子多福。《诗序》："《螽斯》，后妃子孙众多也。言若螽斯。不妒忌，则子孙众多也。"朱熹在《诗集传》中说："诜诜，和集貌。"《诗序》和朱子强调新娘应该懂得"不妒忌"。这是对诗本义的"误解"。在当时人们的观念中，女主人的德行对于家庭和睦、家族兴盛有着至关重要的作用。《韩诗外传》中记载孟子少时因贪玩中止诵读诗书，其母断织劝学。故事的末尾引《诗》曰："宜尔子孙，绳绳兮。"又载田子为相，三年归休。将所得黄金百镒进献其母亲。母亲问金从何而来，回答说是为官的俸禄。母亲反问他为官的目的是什么，并且严厉地批评田子不应当额外取俸。田子很羞愧，回朝退还了黄金百镒。在这个故事的末尾，作者说："《诗》曰：'宜尔子孙，绳绳兮。'言贤母使子贤也。"这两个故事，堪作此诗的注脚。

徐复观先生分析此诗说："此诗是在多妻制之下，赞叹人家因能和睦相处而子孙众多（毛序以《螽斯》为后妃子孙众多也），却不直接说出，于是以螽斯相比说：'螽斯呀，你们集在一块儿好和睦呵。你们的子孙，当然会这样兴盛的。'这是经过了一番意匠经营，把螽斯拿来与因妻妾和睦而子孙众多的人家相比，所以螽斯本身已经由理智安排上了与主题相同的目的性，它和主题处于平行并列的地位，二者间有一条理路可通，因而可使读者能由已说出的事情去联想并没有说出的主题。其所以要这样比着说，有的是出于环境的要求，有的则出于技巧的需要，以加强主题的强度和深度。"（《释诗的比兴》，刊《民主评论》1958 年第 15 期。）徐氏的分析侧重点在妻善子孝、子孙众多，是很中肯的。

周民族本是西方小邦，却以少胜多，以弱胜强，打败了殷商而建立，为巩固政权而极力鼓励增加人口，繁衍子孙成为现实的需要。到后来，逐渐形成人多力量大、多子多福的观念。当时的女子嫁到夫家，如果能使家庭和睦并生许多孩子，对家族而言是大好事。这种观念一直影响古代中国人，甚至影响到今天。另外如《唐风·椒聊》，以花椒为喻，也是赞美多子多福的，这是因为花椒多子，多子就是多生孩子，也体现了相同的观念。

《关雎》夜不能眠

# 《诗经》隔河相望型的爱情故事

说起《诗经》婚恋诗，我们最熟悉的莫过于《关雎》。大部分中国人都会背诵"关关雎鸠，在河之洲。窈窕淑女，君子好逑"。《关雎》创造了一个合乎中国人道德伦理观念和审美趣味的爱情故事模式，我把它称作"隔河相望"型模式，也就是诗中的男女主人公经过了"隔河相望——一见倾心——爱而不得——情极生幻——以礼别情"的情感过程。

我做了一个粗略的统计，从古到今，那些非常有名的描写爱情的文学作品，80%以上的都会受到"《关雎》模式"的影响。从宋玉的《高唐神女赋》、曹植的《洛神赋》，到汤显祖的《牡丹亭》、曹雪芹的《红楼梦》，莫不如此。我们或许可以这样说，《关雎》影响了中国文学家书写爱情的方式，也影响了中国人的爱情理想。

清代方玉润说《关雎》："取冠三百，真绝唱也！"意思是说《关雎》是《诗经》中的押卷之作，也是文学史上的千古绝唱。一首小小的诗，会有如此高的普及度和认同度，是比较少见的。这是为什么呢？

我认为有两个原因：一是《关雎》所创造的"隔河相望"型爱情故事自身的魅力；二是古代学者对《关雎》这首诗的点化和改造。

## 《周南·关雎》：隔河相望型的爱情

《关雎》一类的爱情诗之所以动人，首先在于它自身的艺术性，也就是诗中内在的爱情故事结构，迎和了人们心理上对爱情的向往。

为了更好地理解其中的故事结构，必须要再现《关雎》的故事情节。我们不妨发挥想象，让时光倒转到三千多年前的周朝，在暮春三月，一个风和日丽的晴天，正午时分，太阳悠悠地照着，让人心里有一种暖洋洋的感觉。

这个季节，这种天气，正适合青年男女们到河畔水滨踏青游春，也是"有女怀春，吉士诱之"的时候。《关雎》故事的主人公，一个贵族青年，他也耐不住青春期的寂寞，来到河边。在水中小洲上，他惊喜地看到了一位漂亮的女子，她用灵巧的双手熟练地采摘水里的荇菜。青年一见之下，对她爱慕不已。

他爱得很真，所以想得很美，诗中说"窈窕淑女，君子好逑"。意思是，他认定外表美丽、心地善良的她，就是自己的"白雪公主"！

他爱得很苦，诗中说"求之不得，寤寐思服。悠哉悠哉，辗转反侧"。就是说，因为河水阻隔，无法接近对方。于是他朝思暮想，辗转反侧，夜不能眠！以至于相思成疾！

他爱得很高雅、很理智，又很浪漫，因为他是个"君子"！诗中说"窈窕淑女，琴瑟友之"，就是用音乐去表白、去亲近她。胡适先生解释这句为，这是贵族公子哥用弹琴等方式去吸引女子。其实不然！诗中的小伙子，无非是想把自己最美好的一面展示给对方，恋爱中的人总是这样。

他也爱得很乐观，诗中说"窈窕淑女，钟鼓乐之"。就是说，想象他和意中人结了婚，有情人终成眷属。这就是《关雎》的故事情节。

隔河相望型的爱情故事，在《诗经》中还有《周南·汉广》和《秦风·蒹葭》。

《周南·汉广》中说："南有乔木，不可休思。汉有游女，不可求思。汉之广矣，不可泳思。江之永矣，不可方思。"意思是说，南方长着高大的乔木，却不能在其下休息。一位君子，偶然经过汉水之滨，他隔着江水，远远看到一位美丽的女子（"游女"），爱慕之情，油然而生。但因江水阻隔，却不能相见。游泳过去，可能会被淹死。划船过去，又等不及。他的一腔遗憾，无人可诉。只好克制自己的冲动，想象着他已经获得女子的芳心。诗的末尾说他备好了马，扎好了火把，准备驾车去迎娶她。

隔河相望型的故事还有《秦风·蒹葭》，诗中说："蒹葭苍苍，白露为霜。所谓伊人，在水一方。溯洄从之，道阻且长。溯游从之，宛在水中央。"大意是说，在芦苇苍苍、露浓霜重的秋天的早晨，有一位男子，在河边看到一位绝代佳人，心里很爱慕她，但河水阻隔，无法接近。顺流而下，无法接近她；逆流而上，也无法接近她，因此生出无限的失落和惆怅。台湾作家琼瑶根据这首诗的意境，创作了小说《在水一方》，堪称现代版的隔河相望型的故事。后来，"蒹葭之思""蒹葭伊人"就成为爱而不得的代名词。

在《关雎》之后，这类故事在中国古代的文学作品中特别多，也证明了《关雎》的巨大影响力。

## 隔河相望型爱情故事的魅力

《关雎》《汉广》《蒹葭》等诗的魅力何在？我认为，诗中反映的这类故事与我们普遍的情感体验相契合的地方有三个方面：

第一，一见钟情满足了人们渴望惊奇和浪漫的心理。《关雎》中有一个细节：男子和淑女相遇，一见倾心。尽管一见钟情是冒险，但这是人们对浪漫情调的一种渴望。小伙子远远看到一位美丽的女子，认定她就是自己的最佳伴侣，也就是诗中所说的"窈窕淑女，君子好逑"。什么是窈窕呢？古人认为，"美心为窈，美状为窕"。就是形容女子容貌和内心都非常美丽，表里如一。什么是淑女？《说文解字》说："淑，清湛也。"这是用清澈如水来形容女子的纯洁，是说女孩子特别天真和清纯。

说到这里，我们会有一个疑问，那个小伙子明明是隔着河远远地看到这个姑娘，并没有走近去仔细观察及相互交谈，他凭什么断定，这个姑娘就是一个外表美丽、心地善良、纯洁如水的美人呢？

其实，这是由一见钟情的特性所决定的。良辰美景三月天，游春踏青遇佳人，这种偶遇使小伙子惊喜不已！而隔河相望，又使他不能如愿，距离产生美。这种空间和心理的距离使小伙子在惊喜之外又生出无限遐想。

第二，爱而不得的痛苦使爱情更美丽。上面三首诗中，有一个共同的地方，就是主人公因为"隔河相望"，不能相会，爱而不得。越是得不到的东西越觉得美丽。这种感受虽然痛苦，却是一种甜蜜的痛苦。

据古希腊神话记载，宙斯之子坦塔罗斯王因骄傲自大，自我吹嘘，得罪了宙斯。宙斯认为他的一切来得太容易了，所以不懂得珍惜。于是，让他站在湖水中，湖水就在嘴边，岸上就是果树。可是，当他口渴难忍，低头喝水时，湖水便退去；当他饥饿难耐，伸手去摘果实时，风就把树枝吹开。宙斯让他眼望清泉、果实而无法享用。这个神话反映了生活不可能十全十美，生命总是存在缺憾。隔河相望型故事也反映了这种状态。

第三，方式浪漫，结局圆满。在《关雎》中，男子想象与意中人冲破了一切阻隔而会面，他用"琴瑟友之"的浪漫方式，向对方表达了自己的爱意。司马相如琴挑卓文君，李商隐的名作《锦瑟》，都是这种"琴瑟之和"式的爱情理想在后世的延续。

诗中借助想象，给读者一个有情人终成眷属的结局，这很符合中国人的美好愿望。

在以上三首诗中，主人公在爱而不得之时，都采取同样的方式：给自己插上想象的翅膀，想象自己和意中人牵手结婚，使自己从不可能中得到可能。

《长恨歌》中的唐明皇，在杨贵妃死后，思念成疾，后经道士作法致幻，得见贵妃，唱出了"在天愿作比翼鸟，在地愿为连理枝"的心声。《牡丹亭》中的杜丽娘，因为读《关雎》而渴望爱情，后因思念梦中情人而死去，最终又因与梦中情人终成眷属而复生。真是情到真处，可为之死，可为之生。

总之，一首诗反映的普遍人性体验越多，就越能打动人！《关雎》就是如此。此外，诗中创造的隔河相望型故事的三个细节，先是在情绪上有惊喜，后失落，最终归于喜悦，可谓一波三折，扣人心弦。其魅力，也在于此。

## 周文王与《周南·关雎》

使《关雎》魅力无穷的第二个原因，是儒家学者对这个故事的改造和点化。其"始作俑者"，就是孔子。

孔子是春秋时期博学之人，他以《诗经》作为教材，让学生从中学习为人之道。有一次，他的学生子贡向他请教："老师，能不能讲讲《关雎》呢？"孔子回答："《关雎》至矣乎！夫《关雎》之人，仰则天，俯则地……《关雎》之事大矣哉！"意思是说《关雎》太重要了！因为《关雎》中所写人物，能仰观天文、俯察地理，并且可以从行为上取法天地，合乎中庸之道。这个人是个大圣人！其实孔子意思是说，这个人就是周文王姬昌。到汉代，解说《诗经》的学者认同孔子的看法，认为《关雎》说的是文王和太姒佳偶天成的故事。宋代的大儒朱熹作《诗集传》也进一步证实这样的看法，并称赞说："此纲纪之首，王教之端也。可谓善说诗矣。"

因此，《关雎》描述的不仅仅是个隔河相望型的故事。其中的"君子"，成为开创了周朝八百年基业的大英雄周文王姬昌。其中的"淑女"，成为"周朝三圣女"（"圣"是神圣的圣，不是剩余的剩）之一的太姒。也就是说，《关雎》成了一个典型的英雄与美人的爱情故事。

尽管今天有很多人认为古人对这首诗的解说有牵强的地方，认为这是"误读"！但客观地说，经他们的点化，《关雎》虽然少了些浪漫，但具备了道德教化的意味，无形当中从另一个方面增强了诗的影响力。

因为，同样的事发生在不同人身上，影响力完全不同。孔子称赞周文王为"三代之英"，"英"就是精英、英雄。就让我们一起认识这位大英雄。周文王姬昌的过人之处，有四个方面：

第一，传奇的身世。姬昌身世的奇特在于他有英明的祖父、圣哲的母亲和神奇的出生。据史料记载，周文王姬昌的祖父为古公亶父，他带领族人由豳迁岐，奠定了周朝发展的基础。《诗经·大雅·绵》就是后世人专门赞颂他英明的史诗。

姬昌有位圣哲的母亲。姬昌的母亲"太任"是任姓之国的女子。

她不仅人长得很美，而且端庄贤淑、大智大慧。据说，她懂得胎教，知道胎儿"感于善则善，感于恶则恶"。所以在怀孕后，太任"目不视恶色，耳不听淫声，口不出傲言"。据说，她到分娩时还浑然不觉，在外面劳动时生下了姬昌，特别顺利。《列女传》载："文王生而明圣，太任教之，以一而识百。"是说这个孩子出生后，就聪明睿智，可以举一反三，触类旁通。这让全家族的人都很高兴。

第二，与众不同的相貌。古人认为，人的才干，往往表现在五官和肢体之上。反过来，通过人的相貌，也可以预知人的吉凶祸福，这就是相术。当姬昌长到十六七岁时，他已经出落得仪表堂堂，与众不同。据《帝王世纪》记载，他生得"日角鸟鼻，龙颜虎身，身长十尺，胸有四乳"。"日角"是说额头带日形，这是帝王之相；"鸟鼻"就是今天说的鹰钩鼻；"龙颜"意思是额头隆起，为帝王之相；"虎身"是说他虎背熊腰，高大威猛。

第三，崇高的德行。《礼记》中说，姬昌是个大孝子，他年轻的时候，每天三次问候父亲。早上天还没亮，他就起床来到父亲的住处问值班的小臣："昨晚我父亲睡得好吗？"小臣说："很好。"姬昌就很高兴。到了中午、晚上也来探问。如果父亲有点不舒服，姬昌脸上就愁云密布，连走路的脚步都不正常了。等父亲恢复正常了，姬昌才能放心。吃饭前，姬昌总是先尝尝，是否合口，再端给父亲。

《大雅》中的《文王》《文王有声》《大明》等诗，就专门称颂姬昌，赞美他仁爱宽厚、礼贤下士，因此深得众人爱戴和拥护。

第四，得天命所助。史书上说，西伯姬昌曾被纣王囚禁到羑里，但最终逢凶化吉。其间，还重八卦、写卦辞，成《周易》一书。更奇特的是，当姬昌继承父位成西伯的时候，出现了"朱雀丹书"的天兆。有只红色的鸟飞来，落在他家的房屋上，嘴里还衔着一封书信，上面写着红色的字。这是天现吉兆啊！它预示着天命所归，姬昌一出，周族必兴！

我们再来看看故事的女主角"太姒"。

第一，出身名门。太姒是有莘国国君的长女，有莘人是大禹之后，姒姓。他们居住在岐山附近，与周原相邻，是周族的友好邻邦。

第二，仁而明道。在刘向的《列女传》中，把太姒列入母仪传，认为她"仁而明道"，并称她为"文母"。汉代大史学家司马迁说文王"三分天下有其二"的成功，与太姒这个贤内助大有关系。

第三，吉人天相。说到太姒，还要提到"凤鸣岐山"的传奇。《国语·周语上》记载："周之兴也，鸑鷟鸣于岐山。""鸑鷟"就是凤凰，据《山海经》记载，凤凰是灵鸟，凤凰出现预示着天下太平安宁。凤鸣于岐山，就是暗指周文王得太姒为妻，夫妻和美，家和万事兴。这是吉祥之兆，预示着周朝兴起。《诗经·大雅·卷阿》中也提到这件事情。

古人概括凤有向阳、达天、秉德、好洁、成王等特性。向阳就是身体健康，达天就是生性乐观，秉德就是善良贤惠，好洁就是纯洁天真，成王就是和顺合群。这些特点在太姒身上都可以找到。

后来的结果也的确如此：太姒嫁给周文王后，"宜室宜家"，泽及三代，她不仅完成了传宗接代的任务，而且把他们都抚养成人，其中武王姬发、周公姬旦两个儿子尤为突出。太姒还继承了文王母亲太任的美德，能恭敬地侍奉长辈，顺从地辅佐丈夫，成就了周文王的事业。

# 《周南·汉广》与孔子考验女子的故事

《周南·汉广》本来说的是一位男子在汉水边上看到对岸的女子而萌发了爱慕之情的浪漫故事，后来也同样被孔子的学生通过"附会名人"的方式，改造成"道德教化"的故事。

但让孔子没有想到的是，后来一位名叫韩婴的学者，西汉文景时人，他把《汉广》的故事附会到了孔子身上，这就是"孔子考验阿谷处子"的故事。《韩诗外传》中引述《汉广》这首诗，然后说，孔子到楚国边上，在一个叫阿谷的地方，看到一位佩戴玉饰的女子在河边洗衣服。孔子说："能不能和那个女子搭个话，试探试探她？"说着把水杯取出来，让能言善辩的子贡上前去。子贡走到女子面前，行了礼说："我是北边来的人，要到楚国去。天气炎热，口干舌燥。请给杯水喝！"那女子看了子贡一眼，低头说："您面前就是河，河水清澈甘甜。要喝您自己盛着喝，为什么要问我呢？"话虽如此，女子还是接过杯子，盛满了水，径直走到岸边把水杯放到沙滩上，然后对子贡说："按照男女相处的礼仪，我不能直接给你，你自己拿吧！"

子贡回来，把刚才的情形说了一遍，孔子说："我知道了。"于是，孔子又拿出琴来，去掉紧弦的轸，交给子贡，吩咐说："话说得漂亮一点，看看她是什么反应！"

子贡又走到那个女子面前说："您刚才说的一席话，真像一阵清风吹过，让我的心里特别畅快。我现在想弹琴，但是又没有轸，您能否帮我调调音呢？"那女子说："吾，鄙野之人也，僻陋而无心，五音

《汉广》孔子望立

不知, 安能调琴？"

　　子贡又回来把情形给老师说了一遍, 孔子说："我知道了。"说着, 孔子拿出五匹帛交给子贡说："这次再去, 把帛送给她, 看看她是什么反应！"

　　子贡又走到女子跟前说："我是北边来的人, 要到南方的楚国去。现在有五匹帛送给您, 不成敬意。"那女子说："你是个赶路的人, 现在却在这里耽误工夫, 又要送给我财物。我年纪还小, 怎么能接受你的馈赠呢！你赶紧走吧！你的老师还在那里等你呢。"子贡只好回来, 对老师说了刚才的情形, 孔子说："我知道了, 这个女子, 知礼且懂得人情世故啊。"

经过附会，隔河相望型爱情故事《汉广》成为一个考验道德的故事。改编这个故事的目的，无非是说，《汉广》一诗反映了女子的有礼有节。

以上是孔子和古代解说《诗经》的权威们对隔河相望型爱情故事的道德化改编。孟子说周文王是五百年才出的一个圣人，因为《关雎》故事的主人公成了圣人，所以这首诗就成了经典，它的影响也就越来越大了。

## 《周南·关雎》何以成了"爱情指南"？

童庆炳先生认为："'经典'是承载人类普遍的审美价值和道德价值的典籍，它们具有'超时空性'和'永恒性'，许多学者把文学经典的特征'规定'为：内容上更经得住时间的考验，艺术上有更长久的生命力，接受上要经得起一代又一代读者的阅读和阐释。"（《文学经典的建构、解构和重构》北京大学出版社 2007 年版。）《汉书·匡衡传》上记载汉代研究《诗》的大学者、凿壁借光的匡衡曾说过：

臣又闻之师曰："妃匹之际，生民之始，万福之原。"婚姻之礼正，然后品物遂而天命全。孔子论《诗》，以《关雎》为始，言太上者，民之父母，后夫人之行，不侔乎天地，则无以奉神灵之统、而理万物之宜。故《诗》曰："窈窕淑女，君子好逑。"言能致其贞淑，不贰其操，情欲之感，无介乎容仪，宴私之意，不形乎动静，夫然后可以配至尊，而为宗庙主，此纲纪之首，王教之端也。

汉代谣谚说："匡说《诗》，解人颐。"从以上所引的话来看，匡衡是深刻了解《诗》的，也了解孔子。孔子是志在救世的人，他这样重视《关雎》一诗，当然是有原因的。

我先从一个故事说起。孔子年轻时跟随鲁国乐官师襄子学习弹琴，师襄子教给他一首曲子，但没有告诉他曲名。学了十天，师襄子认为孔子可以学新内容了，但孔子说："我只是学习了乐曲的形式，还没有掌握演奏的技巧。"又过了几天，师襄子建议孔子学新内容，孔子说："我还没有领会乐曲的内涵。"过了些时候，师襄子说了同样的话，孔子说："我虽然了解了曲子的内涵，但还不知道乐曲的作者是谁。"又过了几天，孔子对师襄子说："我知道乐曲的作者了。这个人，皮肤黝黑、体形高大、胸襟开阔、志存高远，有王者的风范，这个人非周文王莫属啊！"师襄子听了大惊失色，对孔子说："你说得太对了，这就是《文王操》。过去我的老师就是这么说的。"这个故事说明，师襄子虽然在鼓琴的技艺上可以为孔子之师，但他对音乐的理解远没有孔子深刻。在欣赏音乐和诗歌时，孔子总善于在别人不注意的地方发现其中蕴含的深刻道理。对《关雎》也是如此。

据说，在周康王的时候，因为王后容貌美丽但无德，她的美色迷惑了康王，致使"从此君王不早朝"。康王疏于朝政，大臣们不敢犯颜直谏，于是就演唱《关雎》这首诗来委婉地规劝康王，希望他能以政事为重。唱了很多次，周康王终于醒悟并改正了错误。在周代，《关雎》作为"房中乐"在后宫演唱，用以提醒和教育嫔妃，要像太姒一样，辅助天子，治理好国家。

孔子好古，很熟悉历史。他当然熟知这个故事。孔子认为，夫妇之道是一切社会伦常的基础。世道乱，首先表现在夫妇之道乱。由此来看，要改变世风，也要从纠正不良的家风，尤其是夫妇之道入手。

孔子生活的时代，周礼崩坏，男女婚姻、夫妇之道，在他看来已经淫乱不堪。如卫宣公与他的庶母（父亲的小妾）私通，并且强夺儿媳，卫国人作《新台》以讽刺他的乱伦。齐襄公和同父异母的妹妹文姜私通，事情败露后，指使大力士杀死文姜的丈夫鲁桓公，齐人作《蔽笱》《载驱》讽刺他。晋平公贪恋女色，死于非命，事见《左传》。陈灵公与夏姬私通，身死国灭，陈人作《株林》……

孔子认为，如果要改变这种淫乱的风气，仅仅有约束还不够，还必须要有正面的引导。《关雎》呈现了一个足以拷问人的道德自律的两难选择——即在爱情和理智冲突时，选择什么？诗中的君子采取了以礼制情的方式，用理智战胜了感情！对孔子来说，这个事件太具有典型意义了。它昭示了一种正确的恋爱和择偶观念，可以作为当时贵族的"择偶指南"。

孔子曾经高度评价《关雎》，说这首诗"乐而不淫，哀而不伤"，意思是说，君子追求爱情，但不狂喜，爱而不得，也不大悲，比较理智，比较含蓄。他还曾告诫儿子伯鱼：如果不读《关雎》，犹如站在墙角看世界，视野狭小，不懂得为人之道。

仅仅有这些还不够明确，因此，孔子又把《关雎》的故事具体化为文王与太姒的故事。这样，"君子"姬昌巧遇"淑女"太姒，好色而不弃德行，就体现了儒家"发乎情、止乎礼"的婚姻恋爱观念。

孔子曾说："吾未见好德如好色者也。"（《论语·子罕》）意思是说，我没见过像爱好美色那样爱好德行的人！他还说："君子有三戒：

少之时，血气未定，戒之在色……"（《论语·季氏》）意思是说，君子有三件应当引以为戒的事，其中一件就是年轻的时候应当克制自己的情欲。孔子认为，《关雎》这首诗是"以色喻礼"，就是借恋爱的事告诉人们要懂得用理智克制感情。

在孔子看来，一个人年轻时浪漫而不失理智，热烈而不失含蓄，处理好恋爱关系，可算是成功了一半。上海博物馆购藏的战国竹简本《孔子诗论》载"《关雎》能改"，"改"就是过而能改，大概就是从此诗能"正人性情"来说的。

孔子终其一生追求的理想，就是要做周公姬旦那样的人。《论语》中说孔子年轻的时候梦见周公，万分激动，要以周公为楷模。晚年的时候，努力地想梦到周公，却再也未能如愿。为这个，他在临死前还耿耿于怀。

如果没有文王和太姒，就没有武王也没有周公。没有周公，孔子连做人的榜样和理想都没有了。

说了这么多，我想，孔子说《诗》，首肯《关雎》，并把这个故事附会到文王、太姒身上，是可以理解的。

## 《周南·关雎》型爱情故事的启示

《关雎》的故事在古代社会中产生了深远的影响，对今天的人也有很多启发。《关雎》中说："参差荇菜，左右流之。窈窕淑女，寤寐求之。"儒家学者认为，采摘"荇菜"这个细节，表明女子接受过良好的婚前教育。荇菜可食用，周代常用于祭祀。女子采摘荇菜，是为祭祀作准备。当时女子在出嫁前三个月，在祖庙里接受婚前教育，学习的内容有妇德、妇言、妇容、妇功。《周南·采蘋》一诗中说的就是这个内容。女子的婚前教育，目的是让女子知道"妇顺"，就是学习如何孝敬公婆，帮助丈夫，使家庭和睦。古人认为，女性最重要的品德是和顺。《礼记》上说："妇顺备而后内和理，内和理而后家可长久也。"（《昏义》）意思就是，妻子和顺，家庭就和睦，家庭和睦，就万事兴旺、无灾无祸。

这就是择偶中的"妇德"观念。这种观念，在中国古代产生了巨大的影响。

第一，从上层社会来说，历代的帝王选妃，都重其妇德。从汉代刘向编的《列女传》之后，历代正史中都有关于贤明后妃的故事。

《史记》中记载了三个反面的例子，一个是夏朝末代帝王夏桀的宠妃妹喜，一个是商朝亡国之君纣王的宠妃妲己，还有一个是周幽王的宠妃褒姒。她们都美而无德，最终导致国家的灭亡。

非常有名的正面例子，当数唐太宗李世民的长孙皇后和明太祖朱元璋的马皇后了。她们的故事在民间流传很广，说明人们对其德行的认可。

第二，"妇德"观念对下层社会的影响也很大。"夫婚姻，祸福之阶也。"（《国语·周语》）人们常说，"妻贤夫无祸""丑妻是福"。《水浒传》中的武大郎娶了漂亮的潘金莲，结果招来了杀身之祸。"病关索"杨雄娶了漂亮而不守妇道的妻子，也落得家破人亡，被逼上梁山。类似故事在文学作品和民间传说中都非常多。

以上都是择偶时男子对女子的要求，那么，女子对男子有要求吗？当然有。

　　第三，女性对男性德行的要求。《关雎》中的男主人公是君子，这个称谓一方面表明男子的身份是贵族，另一方面也说明他是有德行的人，用今天的话说就是既有身份和地位，又有文化和修养。在孔子看来，贵族最重要的不是拥有特权和财富，而是拥有知识和德行。《关雎》中的君子，好色而不弃德行，体现了相爱以德、以德为先的观念，真正体现了贵族风范，只可惜孔子生活的时代，已经很少有真正的贵族了，所以他才特别推崇《关雎》。

# 《诗经》里的家庭剧

台湾作家琼瑶的言情小说中，很多爱情婚姻故事中都有《诗经》的影子。读完了她的小说，镌刻于心间的是那"君子"乐得"淑女"的爱情理想，是那"夫唱妇随""琴瑟好合"的和谐美满，是那"山无陵，江水为竭，冬雷震震，夏雨雪，天地合，乃敢与君绝"（汉乐府民歌《上邪》）的爱情誓言，以及主人公浪漫多情而简朴健康的爱情与家庭生活。那绚丽的誓言，总令人神往；那浪漫的情调，总令人痴迷，吸引着无数的读者向往理想婚姻的殿堂。家，从来都是温暖的港湾。夜色迷离，星光点点，灯火阑珊处，总有一盏，为你而守候……每当想到这些，幸福之感就会摇曳在心海深处。

孔子说读《诗》可以"经夫妇，厚人伦"，这是因为《诗经》中"家"的故事体现了夫唱妇随、琴瑟和谐、宜室宜家、子孙富贵的观念。读了这些诗，可以使上述家庭观念广泛地为人们所认可，从而使家庭和谐稳定。《诗经》背后的"家庭剧"，既有甜蜜浪漫的爱情，也有勇敢负责的担当；既有举案齐眉的夫妻之情，也有温润绵长的父母之爱。当然，也有喜新厌旧的抛弃，色衰爱弛的背叛，还有家庭破裂导致的亡国悲剧……读这些诗，品读这些故事，自然能使读者受到感染，受到教育，得到启发。

《诗经》婚恋诗中的家庭生活场景，宛若一幕幕充满着酸甜苦辣的家庭剧，虽然时隔千年，但仍可从中体味出生活的浪漫与现实、喜悦与苦涩。通过阅读这些诗篇，我们与这些故事"相逢"，也许会让你对"家"有不一样的解读……

## 《郑风·女曰鸡鸣》:恩爱夫妻的典范

无论什么时代，大多数诗人喜欢歌咏终成眷属的爱情！因为从诗人的角度来说，这类故事容易打动人。大多数读者也喜欢美满幸福、和谐团圆的爱情故事，这显示了一种积极、健康和阳光的心理。这种审美心理的养成，可以在《诗经》中找到源头。《诗经·郑风》中的《女曰鸡鸣》所展现的就是一对恩爱夫妻的家庭剧。诗歌不长于叙事，因此诗人只写了夫妻生活的几个场景，但透过这几个典型的场景，就能体味到他们家庭生活的那份恬静和相濡以沫。对诗的解说不能脱开诗的文本，我们还是来看看这首诗吧。《女曰鸡鸣》:

> 女曰鸡鸣，士曰昧旦。子兴视夜，明星有烂。将翱将翔，弋凫与雁。
> 弋言加之，与子宜之。宜言饮酒，与子偕老。琴瑟在御，莫不静好。
> 知子之来之，杂佩以赠之。知子之顺之，杂佩以问之。知子之好之，杂佩以报之。

这首诗共三章，读起来仿佛在观看一场小型的三幕短剧，分别展现了三个温馨的家庭生活场景。

场景一：清晨时分，天快亮了，夜色还未全部消散。淡雅素净的居室内，有一对新婚夫妇。妻子先醒了，她温柔地望着熟睡中丈夫的脸庞，满是怜惜之情，但还是推醒他，幽幽地说："公鸡叫了。"男子还沉醉于梦乡之中，头也不抬一下，懒懒地应道："亲爱的，天还没亮呢，不信你推开窗看看，夜空中依旧是繁星点点。"女子说："亲爱的，你看看吧，辛勤的鸟儿已经在天空中翱翔了，你也快些起床，早点去打猎吧。"

场景二：时近清晨，妻子再次柔声相劝，丈夫沉醉在温柔乡里，装作没有听见！妻子心知其意，但仍然不失耐心，软语相劝。男子禁不住这甜蜜的催促，终于伸了个懒腰，起床穿戴整齐，拿好打猎的武

场景一【女曰鸡鸣】

器，动身出发了。临出门前，他还像小孩子一样回头张望。妻子见此情景，又温柔地叮嘱："良人，你是最勇敢的丈夫，今天你一定可以射到野鸭的。我在家等你回来，为你做喜欢吃的饭菜！等你回家时，就有佳肴与美酒等着你，我愿与你白头偕老。"妻子说这番话的时候，一抹娇羞瞬间泛起在她红润的脸庞之上，她的双眸里满是幸福与期待。见此情形，男子顿时觉得浑身上下充满了力量，他觉得自己是这世界上最强大的人，他充满信心地准备出门打猎。

看到这幅场景，诗人似乎也为这幅画面所动容，禁不住发出感慨："女弹琴来男鼓瑟，和谐美好让人羡。"

场景三：男子已经收拾好了一切，深情地看了一眼娇美贤惠的妻子，本已出门而去，然而他好像想起什么，猛地回转来，迅速地解

场景二《女曰鸡鸣》

下腰间的玉佩，放在妻子的手中并且深情地说："你对我这般体贴，这玉佩送你，它代表着我对你不变的心意。"

"愿得一心人，白头不相离"。从古到今，人们对幸福美满的家庭生活的向往，从未改变过。生活就是这样，虽然平凡简单，却又幸福洋溢。当我们面对诗中所表现的这一对青年夫妇的家庭生活场景时，我们能从中想到些什么？有些什么感悟？人类社会发展到今天，科技的进步带来了经济的增长，物质上虽极大地丰富了，但是社会生活和家庭生活中的问题越来越多，个体的心理焦虑也日益严重了。这到底是为什么呢？生活在飞速变化，而又纷纷扰扰、灯红酒绿的现代都市中的我们，读到《女曰鸡鸣》这样的诗篇时，想想自己的生活，应该会平添许多的惆怅。人们总是在追问，幸福的真谛是什么？时光荏苒，随着年龄的增长，你可能会越来越喜欢安静和平淡，那些霓虹闪烁、芬芳氤氲、狂热躁动的场景，再也不能激起我们内心的波澜。想想以前的家庭场景，再看看当下的众生百态，不得不赞叹"人心惟危"的古训。我们应该常常反省自己，我们到底需要些什么？在飞逝而去的时光中，我们又失去了些什么？我们固然不可能回到《诗经》的时代，但诗中的此种平淡才是生活的真谛。读《诗经》，如果我们感受到这种平淡，并且有一种回味悠长之感，我们才算真的读懂了。《诗经》里的感动，好似丛林中的野菊，虽不是繁花似锦，却透着一种含蓄隽永、优雅清新……

"琴瑟在御，莫不静好"。读到这里，不禁生出一种穿越的景象：诗中的"士"，与"女""宜之""和之"，举案齐眉、夫妻相敬如宾的家庭生活场面。朱熹说这首诗是"贤夫妇相警戒之词"（《诗集传》），这就把诗中所描绘的夫妇琴瑟相和、把酒言欢、赋诗唱和、情投意合的美满场景升华为古代社会的普遍理想。

## 《郑风·缁衣》：夫贵妻荣的故事

在周代，虽说贵族的婚姻要依礼而行，但婚姻中的双方须讲求门第。为了国家或家族的利益，有的婚姻还具有政治联姻的目的和色彩，但是这样的婚姻也不缺乏神圣感和幸福感。所谓"敬慎重正而后亲之，礼之大体，而所以成男女之别，而立夫妇之义也"（《礼记·昏意》），其实，当时虽然不允许贵族的青年男女在婚前自由相处，但通过媒妁的往来沟通，男女双方总要在家庭地位、外貌，甚至性情方面相当或合宜，方才能够进入婚姻。所以一般贵族的男女青年，都对这种婚姻比较认可。他们往往是在进入婚姻后才开始恋爱。《诗经》中的有些诗篇就反映了这种情况。男女双方条件相当，在婚姻里情意相合，相互欣赏，渐入佳境，也一样充满甜蜜和幸福。"十五国风"之一的《郑风》里有一首《缁衣》，说的就是郑国的一位贵族幸福的家庭生活。《缁衣》中唱道：

> 缁衣之宜兮，敝，予又改为兮！适子之馆兮，还，予授子之粲兮！
> 缁衣之好兮，敝，予又改造兮！适子之馆兮，还，予授子之粲兮！
> 缁衣之席兮，敝，予又改作兮！适子之馆兮，还，予授子之粲兮！

为了使读者更好地理解此诗，兹意译诗文大意如下：

> 你的礼服很合身啊，如果穿旧了，我再为你做新的。你去官署做事情啊，回家来时，我在家里备下美餐！
> 你的礼服很漂亮啊，如果穿旧了，我再为你做新的。你去朝廷有公干啊，回家来时，我在家中烹制美餐！
> 你的礼服很舒适啊，如果穿旧了，我再为你做新的。你去朝堂忙公事啊，回家来时，有我为你备下餐饭！

《毛传》解释"缁衣"是"卿士听朝之服。"《诗序》以来研究《诗经》的学者都据此认为，这首诗是赞美郑国明君郑武公的。郑武公在东周初年任周平王的司徒，不仅努力地捍卫周天子的权威，而且在郑国推行"休养生息"的政策，因此，深得郑国老百姓的拥戴。唐代

的司马贞和宋代的朱熹都认为《缁衣》是赞美郑武公的，想必有他们的根据。然而这首诗的作者，从诗的内容和言语来看，应当是一个贵族女子，而不是"周人"。

俗话说得好，每一个成功的男人背后都有一个伟大的女人。《缁衣》中的"予"，就是郑武公背后的那个伟大的女人。在她眼里，丈夫穿着黑色的礼服，是多么的威严和神气啊！她深深地爱着这个男子，在她的眼里，男子的每一个举动，与他有关的任何东西，都是美好的。诗中的"宜""好""席"，既形容男子的礼服，也寄托着妻子对丈夫的那份浓浓的爱意。

诗分三章，这是当时非常流行的乐调。这位妻子对丈夫的赞美，正是采用这流行的曲调柔声地唱出："你的衣服旧了不要紧，有我为你缝制新的；你在朝堂理政很辛苦，不要紧，你回家时，有我为你备好餐饭。"多么体贴入微、善解人意的妻子啊！在她的生活中，丈夫就是全部。丈夫的成功就是她的成功。歌中虽然只有"衣""食"二物，但这正是日常生活中的细节琐事，也传达出妻子与丈夫之间的甜蜜和谐。

儒家的君子讲修、齐、治、平，"各家"是承上启下的重要环节，是士人治天下的基础，这对知识分子的影响很大。其要义就在于，凡成大事业者，必须有和谐内外的能力。郑武公对外结交诸侯、拱卫天子，对内则和睦家族、团结族人。大概是因为这个吧，《诗经》的编者，才把这首妻子赞美丈夫的"情歌"，置于《郑风》的首位。

## 《唐风·无衣》：我的眼里只有你

《缁衣》中表现的是妻子对丈夫的赞美和欣赏，《唐风》中的《无衣》则是丈夫对妻子的赞美。古今中外，幸福的家庭都有其共同之处，那就是夫妻和美，恩恩爱爱。《唐风》中的诗大多产生在三晋地区，是周朝初年周成王分封唐叔虞的诸侯国。那里深受周朝礼乐文化的熏染，也保留了当地的风俗。那里的人们知礼守正，因此有《无衣》这样赞美夫妇相敬相爱的家庭诗。《无衣》中的主人公唱道：

岂曰无衣七兮？不如子之衣，安且吉兮！

岂曰无衣六兮？不如子之衣，安且燠兮！

《唐风·无衣》唯爱妻子缝制的衣物

　　《诗序》说这首诗是赞美晋武公的，但是没有明确的证据。诗中的"七""六"，历来都从"侯伯之礼命七命、冕服七章"的礼制之说，都有些求之过深了。实际诗中的"七""六"只是说衣多。主人公自问，是没有衣服穿吗？当然不是。自己穿着上朝的礼服，还是不如妻子缝制的衣服穿着舒适、吉祥。言外之意是指上朝工作辛苦，不如在家舒适。妻子缝制的衣服寄托着她对自己的爱意，而自己也感受到了家的温暖，由衣及人，不禁生出对妻子的感激之情。"安""吉""燠"表面是说"衣"，深层是作者的心理感受。诗写得虽然明白如话，如道家常，但绝不浅薄。相反，自有一股感人至深的力量。

从前解说《诗经》的学者认为，这首诗是赞美晋武公的，说是因为晋武公重新统一了晋国，晋国的官员们向周天子请命，要求天子赐给晋武公朝服，承认他诸侯地位的合法性。其实从诗来看，旧说显然不可信。《诗经》里的很多诗篇都是这样，它们产生的背后就有很动人的故事。而在它们结集流传过程中，这些故事渐渐被忘记了。加之这些诗又被当时的贵族用于"赋诗言志"，也就是在宴会上断章取义地朗诵（即宴会赋诗），听到的人也要朗诵《诗经》的相关诗篇来应答，这样可以表现贵族君子的风雅。于是，有些诗篇又被附加上了新的背景，产生了新的故事。

《秦风》中也有一首《无衣》，与《唐风》中的这一首是同一个曲调。秦国在陕西，唐国在山西，离得本来不远，所以会产生同一个曲调的诗歌。但《秦风》中的《无衣》，是表现秦国人在出征前同仇敌忾的诗，与《唐风》中的《无衣》不同。

## 《鄘风·载驰》：许穆夫人的故事

在周代，有的婚姻和家庭，还承担着重要的政治责任。这样的婚姻和家庭，便不仅是浪漫和甜蜜了。在以政治结盟为目的的婚姻中，女子还承担着更多超出我们所能理解的东西。

和当今一样，周代时候人们对新娘婚后生活的祝福，都是家庭美满、白头到老。然而，政治婚姻中的女子所背负的使命不只是兴旺夫家，更重要的是通过婚姻形成有利于自己国家的政治联盟。下面这个故事的女主人公便是这样，她就是《鄘风·载驰》中的许穆夫人。

《左传》和刘向的《列女传》均记载了她的故事。

因为《载驰》这首诗，许穆夫人被誉为中国历史上第一位女诗人！她出生在春秋时期的卫国，卫懿公之女，后来嫁给了许国君主许穆公。依当时的礼数，妻随夫姓，因而被称为许穆夫人。她的母亲名叫宣姜，乃是齐国的公主，也是当时名震天下的大美人。宣姜本来被许配给卫宣公的儿子，但作为父亲的卫宣公贪图宣姜的美貌，设计让本应成为自己儿媳的女人成了自己的妃子。后来卫宣公驾崩，迫于政治压力，宣姜改嫁给了卫宣公的另一个儿子昭伯，也就是卫懿公。许穆夫人即是昭伯和宣姜的女儿。母亲宣姜是个敢爱敢恨的绝色美女，被命运捉弄后还是勇敢地面对生活，勇于追求自己的幸福。因为遗传了母亲的这些品质，她生得美艳动人，又自幼聪慧，尤其文采出众，善于赋诗，因此还未成年就芳名远扬。待到她出嫁的年岁，各国诸侯纷纷上门求亲。求亲者中，最为显要的当属齐桓公。当时，齐国国力雄厚，是非常强大的诸侯国。许多国家要想在战事频繁的春秋时期立足，必要讨好齐国。然而卫国没有答应齐国的提亲。

这里还需要说明的一点是，春秋之际，诸侯间的联姻是一种政治行为，具有结盟的性质。婚姻对于诸侯国的公子和公主而言，早已不是个人的事情，而是关系到整个国家的兴盛衰亡。

史载"懿公即位，好鹤，淫乐奢侈"（《史记·卫康叔世家》）。这位卫国的国君并没有按照常理与齐国联姻，而是将才貌双全的女儿许配给实力弱小的许国的国君。你可能会猜想卫国国君是照顾女儿的情感，或者是不畏权贵？但事实是，许国自知在国力上无法与齐

国抗衡，便在求亲时备下丰厚的聘礼。事情有时候就是这样的荒诞无稽，愚笨的卫国君主竟然被彩礼打动，便应允了这门亲事。

与国君的鼠目寸光形成讽刺对比的是，聪慧的卫女虽为一介女流，但她对当时的政治与军事形势了若指掌。史载其曾劝说卫国国君："古代诸侯的女儿，总被许配给实力强大的国家。但是今天许国实力弱小，而且离我卫国甚是遥远，齐国不仅国力雄厚，又离我卫国如此之近。当今世上，强者为王。若我卫国有边疆战事，我嫁给大国，卫国万一有难，也有大国救援，我也可发挥作用。今天国君你舍近求远、弃强求弱，一旦边境燃起战火，那时谁能援助卫国呢？"

这位卫国女子，一身凛然正气，将自己的幸福系于家国命运。只是，昏庸的卫国君主并没有听从卫女的建议，执意将她嫁到了许国。于是，卫女带着自己的故国情怀，伤感落寞，远嫁他乡。预见惨剧，诚意劝说，却未能说动国君。她只能顺应君意，最终落得满心伤悲。数年后，卫女的预言变成可怕的现实。据《左传》闵公二年记载，公元前660年冬天，狄人进攻卫国，卫懿公顿时慌了神。

话说这卫懿公，倒真有高雅的情趣，喜爱仙鹤。仙鹤体态优雅，毛色洁白，头部赤红，一副仙风道骨的模样，被历代文人雅士所追捧。可是，卫懿公喜好仙鹤的境界，不是一般人所能达到的。卫懿公把鹤当作了人，不仅命人专门伺候，还按照仙鹤的品种和外貌赐以官位，还给仙鹤赏赐俸禄，上等仙鹤所持俸禄甚至比大夫还要多。君主有了喜好，那些诌媚小人便投其所好。当时很多人不务正业，专门养鹤讨好国君。卫懿公对那些进贡了上等仙鹤的人，加官晋爵。每年养鹤耗费大量的人力、财力，因而，卫国的赋税也变得更为严苛。百姓怨声载道，苦不堪言。

狄人进攻卫国，形势万分紧急。此时卫懿公正乘着车伴鹤闲游，听到战报，惊恐万分，便火速回朝处理战事。定下心神后，卫懿公赶忙招募士兵，打算抗击狄人。讽刺的是，卫国的大街上空空荡荡，百姓们都躲了起来，谁也不愿意出城迎战。朝堂之上，卫懿公急得大汗淋漓，询问诸位臣子为何无人迎战。其中的一位臣子说："大王您只需要一种东西，便可成功让狄人退兵。"卫懿公一副丈二和尚摸不着头的样子，问道："是什么呢？"大臣们异口同声说："鹤。"卫懿公窘迫地笑着说："鹤怎么能够抵御狄人呢？"大臣说："既然国君您知道鹤不能打仗，为什么您还要给鹤封将军的头衔？为什么还要给鹤发放俸禄呢？除非您把那些仙鹤处置了，否则，卫国人是不会出城迎战的。"卫懿公悔不当初，立马下令处理了那些仙鹤。仙鹤们或死或伤，只有少数逃过了这场杀戮。仙鹤何尝有罪，只是人错了，它们便成了替罪的羔羊。

看到卫懿公如此坚定，卫国的百姓也纷纷披上战袍，准备出城迎战。卫懿公把自己的玉玦给了石祁子，把箭给了宁庄子，让他们二人守城。临行前，卫懿公将自己的一件衣服留给了夫人，让她听从石祁子和宁庄子的安排，然后便乘战车亲自出征。卫国军队和狄人在荧泽作战，结果卫军大败。

据《吕氏春秋·至忠》记载，狄人杀了卫懿公。卫国有位臣子名叫弘演，他赶到荧泽时，看到这幕惨剧，悲伤得无法自抑。

这件事引起了当时的广泛关注。齐桓公闻之曰："卫之亡也，以为无道也。今有臣若此，不可不存。"于是派兵击败狄人，复立卫于楚丘。弘演可谓是忠臣了，然而卫懿公因行为"不君"而咎由自取。

思考卫懿公这一生：养鹤本是极好的雅趣，但到他这里，竟然变成亡国的祸患。可见，人可以有喜好，但不能因为喜好误了正事。正如哲学辩证法所讲的那样，万事皆有度，超过了临界点，便会发生质的变化。

卫懿公死后，卫国的都城遭狄人洗劫一空，百姓们也大都惨遭杀戮，只有少数幸存者逃到了漕邑。国不可一日无君，在齐国的支持下，卫女之兄卫戴公继任卫国国君。可是，短命的卫戴公不久便去世了。远嫁他乡的许穆夫人听闻这家毁人亡的消息十分悲痛，请求许穆公出兵帮助自己的娘家，可是，许穆公与许国大臣商议的结果是拒不出兵。这一切只因许国实力单薄，怕无力与狄人抗衡，再引火烧身。许穆夫人对许国的救援彻底绝望了，她自己驾着马车准备只身奔赴漕邑，可是半路上，她就被许国的大臣拦住了。因为按照当时的惯例，出嫁的女子无故不能返回娘家。

此时的许穆夫人，忧心如焚报国无门，只能借诗抒发内心的忧思。《鄘风》中的《载驰》，就是许穆夫人此时所作。诗中说：

载驰载驱，归唁卫侯。驱马悠悠，言至于漕。大夫跋涉，我心则忧。
既不我嘉，不能旋反。视尔不臧，我思不远。
既不我嘉，不能旋济？视尔不臧，我思不閟。
陟彼阿丘，言采其蝱。女子善怀，亦各有行。许人尤之，众稚且狂。

诗篇的字里行间满溢许穆夫人对家乡的深深牵挂，以及她坚定的救国决心。据《左传》等记载，许穆夫人写了《载驰》这首诗后，齐桓公派公子无亏率领战车三百辆、士兵三千人前往漕邑保护卫国，还带去大量的物资。虽不能确定许穆夫人是否亲自请求过齐国的救援，但可以肯定的是，除了一代霸主践行盟约的责任，齐桓公定是也被许穆夫人的爱国精神所感动，才施以援手。后来卫国在齐国等国的帮助下，得以复国。

故事结束了，读者的心间一定会轻轻地浮现出："桃之夭夭，灼灼其华。之子于归，宜其室家。"许穆夫人的故事让《桃夭》这首诗有了进一步的理解。可叹啊，当时有多少女子，为了家国的大利益，牺牲了自己的幸福。

## 《郑风·有女同车》："齐大非偶"的故事

许穆夫人虽然错嫁给许国，但齐桓公到底是盟主，在卫国被狄所灭后，还是伸张正义，帮助其复国。然而，另一个拒绝和齐国联姻的人，就没有这么幸运了。"齐大非偶"，一个很出名的故事，说的就是郑国的太子姬忽。这个故事发生在春秋时期。一桩婚姻，如果错过，究竟会失去些什么？男主人公郑太子姬忽在这桩婚姻里究竟扮演了怎样的角色？如果重新来过，他会改变自己曾经的选择吗？带着这些疑问，我们一同步入《诗经》，去重温这些回忆。

有女同车：男女驾车玉佩

故事还要从《郑风》中的一首诗讲起，这就是《有女同车》。诗的原文如下：

有女同车，颜如舜华。将翱将翔，佩玉琼琚。彼美孟姜，洵美且都。
有女同行，颜如舜英。将翱将翔，佩玉将将。彼美孟姜，德音不忘。

《诗序》解释这首诗说："《有女同车》，刺忽也。郑人刺忽之不昏于齐。太子忽尝有功于齐，齐侯请妻之。齐女贤而不娶，卒以无大国之助，至于见逐，故国人刺之。"这首诗讽刺郑公子忽拒绝与齐国女子成婚，以至于失去了一个强大的幕后支持者，因此，刚即国君之位，就被反叛势力赶下了台。

诗中所说的"舜华"指木槿，木槿花清新淡雅，宛若那火红的骄阳肆意点燃了夏秋的浪漫。木槿耐旱耐涝，适应环境的能力很强，且花期较长，似乎是在不断地续写生命的坚韧。诗人用它比喻美丽的女子，象征女子青春的容颜与韶光，自然贴切而不落俗套。从"佩玉琼琚"等饰物推断，男女主人公应当均出身贵族。诗篇勾勒出一幅鲜活的画面：一对贵族青年男女一起坐在马车上驰骋在原野，路旁的木槿花开得冶艳却不失风情。美丽的女子宛若那灿烂怒放的木槿，让身旁的男子心动不已。两人嬉笑玩耍，玉佩叮咚作响。男子感叹，这女子真是美丽又善良。

这一幅画面透出的满是和谐与浪漫，但这首诗歌的创作背景与这美好的画面背道而驰。因为这诗中一切的美好只是郑国百姓的虚幻想象，是他们对太子忽的失望讽刺。

这个"齐大非偶"的典故出自《左传·桓公六年》。相传，郑太子忽生来英俊，武艺超众，又颇具政治才干，是位不可多得的人才。因此，当时齐国君主齐僖公看上了他，想要把女儿文姜嫁给郑太子忽。前面已经讲过，齐国在当时是非常显赫的大国，许多国家都想与齐国结盟，因此，能够与齐国联姻是诸侯们梦寐以求的事。然而，郑太子忽拒绝了这门婚事，转而娶了弱小陈国的女子。

这个故事的男主人公郑太子忽偏就不是一位随波逐流的人，他辞谢了这门婚事，郑国的大臣们对此举匪夷所思。有人询问拒婚的缘由，郑太子忽说："每个人都有自己合适的配偶，齐国强大，但齐国君主的女儿实在不是我的配偶。《诗》说：'求于自己，多受福德。'我要靠自己强大，靠什么大国的帮助。"

这一桩婚姻的拒绝，让太子忽背负了骂名。有人责怪他不为郑国考虑，毫无责任感。《有女同车》这首诗就是郑国百姓针对此事所作。诗歌中假想郑国与齐国联姻，郑太子驾车亲迎齐女的场面。虽然诗中写得很美好，但这都是对太子忽的埋怨与讽刺。

在这件拒婚之事发生后不久，齐僖公六年的时候，北戎突袭齐国。齐国慌乱之中无力抗衡，便火速命人到郑国求援。郑伯应允了齐国的求救，派郑太子忽披上戎装，亲自率兵与北戎交战。太子忽足智多谋，骁勇善战，此役大获全胜。英勇的太子忽俘虏了北戎的两名士将大良和少良。太子忽就如武侠小说的英雄，只身一人砍下了三百余名北戎士兵的人头，献给齐国。

齐国本是大国，怎么能够容忍自己被蛮夷之邦欺凌？太子忽的捷报无疑为齐国擦去了耻辱。齐僖公十分感激，便又重提旧事，准备将齐国的另一名女子嫁给郑国太子姬忽。可太子忽的选择又一次令郑国百姓失望了，他再次辞谢，这一次是以他父亲郑伯的名义。有人不理解他的选择，太子忽解释说："曾经我没有为齐国做过什么，尚且不与它联姻。现在我受国君的命令解救了齐国，我若此时与它联姻，那不就是因为战争成亲吗？郑国的百姓将如何看待我呢？"

太子忽的两次拒婚让郑国人失望至极，也许他们的埋怨中有不太理性的成分。我们不妨尝试着来分析这两次拒婚的得失。

第一次要娶的文姜，是春秋时期出名的美女。她的名气不仅缘于倾国倾城的美貌，还有一段风流韵事。据史书记载，文姜与自己同父异母的哥哥姜诸儿相好。齐僖公知道后，便想快速将文姜嫁出去。也许太子忽对文姜的乱伦有所耳闻，才拒绝了这桩婚姻。文姜后来嫁给了鲁国国君鲁桓公，生了两个孩子。先说这可怜的鲁桓公，美貌的妻子与哥哥厮混，举国知晓，可他偏偏不信。后来齐僖公驾崩，文姜的哥哥成了齐国的君主。文姜要回娘家，鲁国的大臣们劝说鲁桓公不要去齐国，但痴情的鲁桓公还是与文姜一起回了齐国。到了齐国后，文姜与哥哥整夜厮混，鲁桓公这才明白鲁国人没有骗他，文姜果真有私情，但为时已晚。一日，宴会结束后，文姜的哥哥齐襄公设计让公子彭生在回去的路上将鲁桓公杀害。国君为了一个"情"字，杀害了另一个国君，这在历史上是骇人听闻的。今天看来，郑太子忽的第一次拒婚是明智的。否则，成为刀下亡魂的也许是他了。

第二次，齐僖公想将另一名齐国女子嫁给郑太子忽。身为大国国君，两次向国力不如齐国的郑国求婚，主动要把齐女嫁给郑公子，可见，齐僖公是十分看重郑太子忽的，但太子忽还是拒绝了。郑伯驾崩后，太子忽即位，即郑昭公。昔日太子忽没有与齐国联姻，因而无大国援助，在宫廷政变后流亡他乡，后来在大臣祭仲的帮助下，重回郑国。虽然历经艰险重回王位，但郑昭公没有守住王位，甚至丢掉了自己的性命。太子忽与臣子高渠弥有过节，但因其性格优柔寡断，弥在外出狩猎时被高渠杀害。

回顾郑昭公姬忽的一生，经得住权势诱惑，做得了沙场英雄，但他若能少一点优柔寡断，多一点刚毅果决，玩一些政治权术，那便又是另一番景象了。只可惜，历史不能重演，悲剧不能变为喜剧。

都说家和万事兴，在宫廷中，一个人的婚姻往往不能凭借个人的性子和喜好来决定。错生帝王家，纵使华贵一生，也要背负那千斤重担。家事常和国家命运紧密相连，错过一桩婚姻，也许错过的是一世的灿烂前程。

讲完了这前朝往事，《诗经》就更像一部历史之歌，孔子将它赞为"思无邪"。只是这无邪的记忆中满是历史的沧桑，今日读来，每首皆是古老的序曲，或喜或悲……

## 《卫风·河广》：慈母与爱子的故事

有关母爱的伟大深沉，无须过多渲染。"慈母手中线，游子身上衣。临行密密缝，意恐迟迟归。谁言寸草心，报得三春晖。"孟郊的这首《游子吟》，人们早已耳熟能详。人们只知道《游子吟》，而不知道《诗经·卫风》里的这首《河广》，也是描写母爱之伟大。这首《河广》据《诗序》所言，是宋襄公的母亲思念儿子，又不能见到他，伤心至极时所作。诗中说：

谁谓河广？一苇杭之。谁谓宋远？跂予望之。

谁谓河广？曾不容刀。谁谓宋远？曾不崇朝。

诗的大意为：谁说黄河宽广？一只苇筏便可渡过。谁说宋国遥远？跂起脚尖便可看见。谁说黄河宽广？连一只小船都无法容下。谁说宋国遥远？很快便可到达。诗文不过简单几句，却用夸张的手法，将思念展露无遗。时间和空间在这里都被诗化，一切只因爱。写下如此妙笔，诗人定是真情流露。

这首诗的作者被认为是宋襄公的母亲，她是卫文公的妹妹，许穆夫人的亲姊妹。许穆夫人的出身前面已经讲过，宋襄公母亲的出身此处不再赘言。宋襄公的母亲不同于许穆夫人，她嫁给了宋桓公。宋国虽不及齐国实力强大，但也不算小国。婚后，她生了好几个儿子，这使她获得了应有的尊重和地位。因此，她的宋襄公后来成了世子。在其父宋桓公死后，宋襄公顺利继承了君位，成了宋国的国君。宋襄公因为推行仁政，被后世列入"春秋五霸"之一。

依常理，在宫闱之中，常是母以子贵。但奇怪的是，宋襄公的母亲遭到其夫宋桓公的疏远遗弃。不知什么原因，宋桓公在世的时候把妻子遣送回了卫国。正史并无明确记载她被遣送回去的原因，但从《河广》这首诗看来，宋襄公的母亲是有难言之隐的。按照当时的惯例，宋襄公母亲被遣送回卫国后，就不能再回到宋国了。宋国和卫国之间隔着一条黄河，路途虽不算远，但咫尺天涯、骨肉分离。这对一个母亲来说是十分残酷的。所以写下《河广》这首诗时，宋襄公的母亲只能隔河远望，思念着儿子。

感受到诗文中母亲对儿子宋襄公的牵挂，又使人想到宋襄公高举仁义之旗的政治主张。春秋之世，诸侯纷争，以力相胜，仁义不行。此时行仁义，简直是不合时宜。知子莫若母，也许正是因为母亲知道儿子宅心仁厚，才这样忧虑挂念。

史实证明，母亲的牵挂是有道理的。公元前639年，宋襄公以盟主的身份与楚国、陈国、郑国、许国等在盂地会盟。本来事先约好各诸侯国在会盟时都不带军队，宋襄公信以为真，遵守约定，亲自赴约。他手下的臣子劝他要有所戒备，而他未听从。会盟那天，楚成王违背约定，带兵前往，在会盟时劫持了宋襄公，以阻止他做盟主。后来，在其他诸侯国的多方努力下，楚国迫于舆论压力，才在薄地会盟时释放了宋襄公。

此次遭遇，虽然历经屈辱，但并未磨灭宋襄公以仁义会盟诸侯之心。第二年，也就是公元前 638 年的冬天，宋国与楚国在泓水交战。当时，楚军还未完全渡过泓水，宋军已经排列好了阵势。宋国右司马孙固说："楚军人多势众，我宋军寡不敌众，还请君王在楚军渡河时下令进攻。"宋襄公说："不可。"等到楚军全部渡过泓水，孙固又说："君王，现在我们可以趁楚军阵列混乱之时进攻，打他个措手不及。"宋襄公又说："不可。"楚军渡过了河，摆好了阵势便全力出击。因楚军实力强劲，宋军大败，死伤无数。宋襄公自己也在这次战役中受到重伤。

宋国的百姓纷纷埋怨宋襄公作战时指挥有误，导致宋国失败。宋襄公却说："君子不伤害受伤的人，不抓捕头发花白的人。古代打仗，不在地形险隘的地方狙击敌人。寡人虽然是殷商亡国的后裔，但还是不能进攻没有摆开阵势的敌人。"公元前 637 年的夏天，宋襄公因伤病去世了。

如何评价宋襄公呢？有的人认为他是个仁义的老夫子，好似一位因循守旧的封建大家长。他只是想着殷商的旧礼，试图称霸诸侯，成为继齐桓公后的另一位霸主，在礼崩乐坏时重新建立礼的秩序。但他的自不量力，错失了知己知彼的条件；他的墨守成规，丧失了进攻的有利时机，最终难成霸业。从某种角度讲，他也许真的生不逢时。但如果理性看待，泓水之战失败是因为他没有根据环境与时代的变迁，合理调整政治谋略与军事部署。

这是一段令人哀其不幸的故事。身为母亲，是最了解孩子的。她深知宋襄公太过仁义，不够果断，怎能担起治国的重任？如何在那个弱肉强食的社会生存？一切的一切，尽在她心间，低沉哀鸣。今日的我们已经知晓了故事的结局，重读《河广》，宋襄公母亲的思念里就更多了一种无言的悲伤。

《诗经》古老而又深厚，其间蕴含着无穷尽的内涵与启示。如果用心品读，它就不再遥远；如果用心体味，它就不再艰深晦涩。这样的经典，不应该被束之高阁。让我们借一缕清风，觅一方净土，揽一怀明月，清茗一杯，《诗经》一册，心手间便会香气四溢，让人回味无穷！

# 《诗经》中的"弃妇"故事

《卫风》中的《氓》、《郑风》中的《遵大路》、《邶风》中的《日月》《谷风》《柏舟》、《鄘风》中的《绿衣》、《小雅》中的《我信其野》《黄鸟》《白华》等诗中的女主人公，《诗序》将她们称为"弃妇"。也许"弃妇"这个称谓有些刺耳！但她们是《诗经》故事中不可或缺的，正是她们，用悲情诠释了对爱的忠贞。

"问世间，情是何物，直教生死相许？天南地北双飞客，老翅几回寒暑。欢乐趣，离别苦，就中更有痴儿女。"元好问的这首《摸鱼儿·雁丘词》中所说的"痴儿女"一语，道出了爱情既不可捉摸又令人向往的特质。

从古至今，爱情被诗人渲染得如此凄美。绚烂的爱情之花，永久开放在经典的诗文中，开放在人们心里。作为凡人，你无法逃脱爱情的召唤。爱情虽然美好，但不是每个人都能真正得到，即使得到了，也很难保持长久。这就意味着，人们都无法回避一个令人凄怆的话题：如何面对被爱情遗弃的窘境？

在那个遥远的时代，虽然女性也在爱情的追求中发出了声音，但在男尊女卑的社会中，女子一般处于弱势。许多女子被丈夫无端厌弃，也只能忍气吞声。《诗经》编者虽然主要是从有裨教化的角度出发编录当时的诗篇，但其中描写"弃妇"的诗客观上起到了关心被弃女子的命运并呈现她们内心情感世界的作用。《诗经》中那些美好的恋情，打动了一代又一代的读者，但在那些笑靥如花的灿烂之外，还有被抛弃的悲哀、愤怒、寂寞和冷清。在这部分里，我们将借助《诗经》中的"弃妇诗"，带你走进那些爱情悲剧主人公的内心。

## 《卫风·氓》：自由恋爱结苦果

《卫风》中的《氓》这首诗，被后人誉为中国诗歌史上最早的叙事诗。这首诗在篇幅上较其他婚恋题材的诗要长，共六章，以第一人称叙述了一个天真烂漫的卫国女子的爱情婚姻悲剧。这首诗的故事情节跌宕起伏，有戏剧的冲突感，女主人公和氓之间发生的曲折动人的爱情故事足以被搬上银幕，再次演绎。

在西周及春秋时期，一般人家的男子和女子结合，需要父母之命、媒妁之言。除了在上巳节这个特殊的节日里，男女双方自由择偶。自由恋爱，在那个时代，是不被社会所许可的。《孟子·滕文公下》这样记载："不待父母之命，媒妁之言，钻穴隙相窥，逾墙相从，则父母国人皆贱之。"意思是说，没有通过婚礼程序私自约会、私订终身的，会遭到社会舆论的唾弃。由此看出，在当时，如果有违背"礼"的恋爱发生，会招致其他人的非议。不被祝福的婚姻从来都没有好结局，今日如此，古时更不必说。《氓》说的便是一个在上巳节背景下，在卫国淇水之滨邂逅了意中人的女子的婚姻悲剧。她是一个甘冒天下之大不韪而追逐爱的女子，《氓》这首诗就是她写下的辛酸情史：

氓之蚩蚩，抱布贸丝。匪来贸丝，来即我谋。送子涉淇，至于顿丘。匪我愆期，子无良媒。将子无怒，秋以为期。

乘彼垝垣，以望复关。不见复关，泣涕涟涟。既见复关，载笑载言。尔卜尔筮，体无咎言。以尔车来，以我贿迁。

桑之未落，其叶沃若。于嗟鸠兮，无食桑葚！于嗟女兮，无与士耽！士之耽兮，犹可说也。女之耽兮，不可说也！

桑之落矣，其黄而陨。自我徂尔，三岁食贫。淇水汤汤，渐车帷裳。女也不爽，士贰其行。士也罔极，二三其德。

三岁为妇，靡室劳矣。夙兴夜寐，靡有朝矣。言既遂矣，至于暴矣。兄弟不知，咥其笑矣。静言思之，躬自悼矣。

及尔偕老，老使我怨。淇则有岸，隰则有泮。总角之宴，言笑晏晏。信誓旦旦，不思其反。反是不思，亦已焉哉！


故事的主角是一位曾经貌美如花、如今妙龄不再的女子，她出生在春秋时的卫国。写下这首诗的时候，她已面容憔悴，身形清瘦，满脸愁容。虽然在她的脸上还依稀看得出曾经的清秀与姣好，但美貌在过去三年她与负心丈夫的每一寸光阴中流逝，无法寻得踪迹。

女主人公哀怨的眼神中流露出千般无奈，万种悲情。故事就在这种悲伤的气氛中借女子的回忆徐徐拉开帷幕，诗篇开头极具概括力："氓之蚩蚩，抱布贸丝。匪来贸丝，来即我谋。"作者略去了当初他和她初次见面、相互吸引的细节，直接翻开悲剧婚姻的扉页：男子的登门相"谋"！因为站在悲剧结束处，回想当初男子的"谋"显得那样明显，而她并未发现。这一细节带我们进入女子曾经的岁月。

夏日的午后，蝉声躁动，女子坐在闺房之中，掩门刺绣，并望着绣布上的鸳鸯出神。门外的喧嚣声扰停了她手中的银针，熟悉的声音惊得她丢掉了手中的绣布。她克制不住内心的激动，夹杂着被父母发现的胆怯，快步走出房门，看到男子出现在眼前，心中志忑、激动，怎一个"乱"字了得？

女子知道他来不是为了买丝，她以为男子是为了她而来，为着和她早日结为并蒂，共享落日余晖、星光灿烂。她兀自又惊又喜，沉浸在想象的世界里，全然不顾家人的忠告，她只想着爱的甜蜜与忧愁。她要嫁给他，到顿丘那个地方，去淇水之滨。

据孙作云等学者的考证，为了让错过嫁娶年龄的男女有缔结婚约的机会，周代规定，每年三月初三前后，都要举行上巳节活动。春光明媚，青年男女，三两成伴，四五结群，来到淇水边相会。在色调鲜明的春景中，最惹人眼的当属未婚男女，这也吸引了很多人来此看热闹。

汉代学者郑玄《诗笺》中，解释"抱布贸丝"一句说："季春始蚕，孟夏卖丝。"结合郑国都城郊外溱、洧之滨的游观风俗来看，卫国也应当有这种风俗。《氓》所叙述故事中的男女主人公大概是那年三月初三相识于上巳节。此次相会应是那年的仲春之月，正当春光明媚，芳草如茵，二人漫步淇水边，他们相识并一见钟情。这，就是这首诗所述悲剧故事的"前情"。

后来的情节，诗中都交代了，本来约定男子派媒人来提亲，男子却假装贸丝来女方家打探消息。虽然如此，女子还是背着父母将他送出门，到顿丘这个地方。主人公希望男子尽快给她一个体面的婚礼，她一直在期盼着。孙会钤《批评诗经》点评说："写出狼狈，此时偏有此景，如风见弃以色。""惨极！追思奔时，景物宛然，悔恨极！"思念最折磨人，那种滋味是夜深时内心的疼痛，让人忘却自己，最后忘却疼痛，剩下的只是思念。女子天真地以为这些感受也是他的感受，所以才这般急切。然而，男子在再次会面时责怪她，望着他发怒的面庞，女子只是安慰，告诉他并不是她故意拖延婚期。

故事的男主人公缘何称作"氓"？因为不知道他是从哪儿来的，或是卫国别地的，或是他乡的，女子的父母怎会放心将孩子交付于一个居无定所的人手中。"父母之命，媒妁之言"是当时的习俗。他们可以在上巳节相识，但要成亲，必须要父母同意，媒人下聘，方可成就。

　　此刻的她只想着如何劝解心上人。看到他眉头紧锁、怒气冲冲，她便许下诺言，奉上了全部真心："你没有好的媒人，你去仔细寻觅个上好的媒人来我家提亲。就把秋天定为期限吧，那时你便来迎我。"男子满意地走了……她独自走过淇水，心中满是欣喜，生命就像一袭华丽的锦衣，只是她还不知道里面都是斑驳的泪痕与无尽的忧伤。

　　自此，她便开始了漫长的等待……诗在这里留下了让读者想象的空间。之后，女孩就稀里糊涂地渡过淇水嫁到了男子家里。让她头脑发昏的，就是那思念。

　　思念如夏夜里婆娑的树影，虚虚实实，让你的指尖冰凉，心中却热血沸腾。思念亦如夏日里的曼陀罗，疯长到让你害怕，却无法控制。

　　她表面上强颜欢笑，心里却备受煎熬。父母外出的时候，她就登上那残破的城墙，向氓的家的方向张望，只希望能看到那魂牵梦萦的身影。终于，在一次次的等待之后，她迎来了那缕霞光，载着她的梦中人。男子告诉她："我已卜了卦，一切顺利，我们是天作之合。"她固执地相信，神秘的龟甲和芳香的蓍草占卜是幸福的象征，上天许是想说：命定，命定……

　　也许，占卜不过是他漫天的谎言，就如那断壁残垣上的沙土，轻薄得没有分量。女子欣喜地准备好了一切，无论是琳琅满目的嫁妆，还是她那颗纤尘不染的心，就等待着那天、那时、那刻。

　　男子来迎娶她的那天，全家人都欢天喜地的，一切的疑虑、猜测都烟消云散。女子坐着黑色的漆车，听着淇水"哗啦啦"冲洗着车轮的声音，藏在她精心准备的美丽嫁衣下面的，不仅有颗小鹿乱撞般的心，还有"执子之手，与子偕老"的美丽誓言。

新婚是美好的。女子的青春和美貌令新郎陶醉和癫狂，怡然自得。很多人将女子太过沉溺于爱情的行为，比喻为饮鸩止渴，因为越是爱对方，就越想紧紧抓住对方！然而结果常常事与愿违！爱情又像是手里的沙子，你攥得越紧，沙子就流得越快。虽然明眼人看她的婚姻是个悲剧，她却沉沦其中，无法自拔。

女子并未嫌弃男子家境贫困，她勇敢地承担起了家庭的重担，操劳家务，侍奉丈夫，就这样数年如一日。如花般的女子，若不是爱得刻骨铭心，怎会为谁忘却容颜易老，为谁燃尽春华，操劳一世？因为在乎他，所以柴、米、油、盐、酱、醋、茶都有了意义，哪怕日子过得平凡简朴，她也心甘情愿为他……晨曦里的一杯羹汤，桌上的一盘美味，布衣上的一针一线，她砍过的每一根柴，擦拭过的每一个地方……都有她浓浓的爱意。她不会像氓那样在枕前发尽千般誓，最终却是二三其德。她对他，就像那朝露，静寂地滋润着每一片绿叶，不造作，不声张，不浮夸，这就是她爱他的方式。

她欣欣然成了他的妻子，而他从此开始越来越暴戾，这使她备受痛楚。在那个时候的社会，她不过就是附庸，只是附庸。诗人仅用一个"暴"字就将她的苦难一笔带过。也许，在某个深夜，她独坐灯下，孤独等待。桌上的饭菜热了又热，灶上的柴添了又添，等来的却只有辱骂，或是酒气熏天……痛苦决绝后，她毅然决定主动离开，回到娘家。当初为了和他成亲，她是怎样的坚决。所以才有"兄弟不知，咥其笑矣"。

她对往事的回忆，仿佛使人置身荒原。那种荒凉中萌生的味道，就是回忆的味道。

在诗的后面"淇水"再次出镜，水流浩浩荡荡，打湿了车帷。那流水打湿的不只是车帷，还有她的心。反复思量，她并无过错，而他却阴晴不定，三心二意。

为人父母者，莫不期望子女安乐幸福。当初是如何恳求与斗争，才换回今日的结局，命运就是如此捉摸不定。她一个被弃的女子，美貌已不复存在，该如何书写自己的余生呢？《孔雀东南飞》里的刘兰芝，好在还有改嫁的机会，被休后还被太守公子看上。《氓》中的她却无人同情，反倒成为讥笑的对象。"静言思之，躬自悼矣"表明女主人公经历了深刻的反思。

从诗之首章看，氓可能是一个小商人。他往来于卫国各地做生意，有较多机会接触各地的人，心思比较活，所以他不像当时居住在乡村中的男子那样专心务农，甘心过稳定的生活，氓显然没有想到妻子居然会主动离开他。因为在当时的社会，氓的妻子的情况应该是家庭中女性的生活常态，所以女主人公反省道："及尔偕老，老使我怨。"如果继续和他这样到老，只会教她怨恨。

理由很简单，因为氓很难把控，这流水尚且有岸，为何她怨恨无穷？在淇水边相识，也许也该在这里结束。生命就像陀螺，一切又将回到原点，只是他不再是曾经的那个他，"信誓旦旦，不思其及"。他的誓言还在耳边回荡，发誓时他的坚贞仿佛可以撼天动地，如今却这样漫不经心，背弃誓言。既然这样，那就到此为止。

故事就这样结束了，但她的忧伤仿佛还在逆流，流入你我的心间。

讲完了故事，重读诗歌，不再是简单文字的堆砌，而是画面的流动。《氓》称得上是《诗经》爱情诗中的"奇葩"。叙事诗性质，真挚的情感和绝妙的艺术手法铸就了它绵长的生命力。"桑之未落，其叶沃若；桑之落矣，其黄而陨。"这是她过往经历的形象写照！她的忧伤不言而喻，总为那凄凄惨惨的情感所动容，这亦是其抒情性的绝妙表现。全诗并非严格按照时间顺序进行叙述，而是以回忆生活片段夹以抒情进行叙述。诗歌第三章至第六章大量运用对比的手法，很好地表达了强烈的感情，没有昨日的甜蜜，怎知今日的泪水是这样苦涩。诗人将女子曾经的貌美与今日的憔悴对比，将女子的辛劳顺从与男子的暴戾残忍对比，将男子曾经的甜言蜜语与今日的冷漠决绝对比。"士之耽兮，犹可说也。女之耽也，不可说也。"这就是在对比命运的反思结果。

　　方玉润说："虽然口纵言已，心岂能忘？"（《诗经原始》）。曾运乾《毛诗说》说："既反是而不思矣，惟有两情决绝耳。"倒是希望她能理智地面对过往，重获新生。

　　这是一个渴望爱情的女子的情感历程，尽管以悲剧告终，但都是她自己的选择，难道只有"父母之命，媒妁之言"才会赢得幸福吗？也许是，也许不是……"氓"，毛诗释作"民也"，即普通人。三家诗曰："美民为'氓'，犹美士为'彦'，美女为'媛'也。"（王先谦《诗三家义集疏》）从当今人的立场看这出悲剧，可以说，一切皆因主人公遇上了这个花心的"帅哥"！看来，择偶，不能只看外貌。

## 《小雅·我行其野》：他乡婚姻

春秋时期，随着商业的发展，人口的流动性增大，各诸侯国百姓之间通婚的多了起来。不过从贵族阶层看，婚姻的缔结，大多是政治结盟的需要。诸侯国之间关系的变化，会影响到这类婚姻及婚姻中的主人公，尤其是女性主人公的命运。《小雅》的《我行其野》，便讲述了这样一个故事：

《我行其野》怨妇独自凄凉

我行其野，蔽芾其樗。婚姻之故，言就尔居。尔不我畜，复我邦家。

我行其野，言采其蓫。婚姻之故，言就尔宿。尔不我畜，言归斯复。

我行其野，言采其葍。不思旧姻，求尔新君。成不以富，亦祇以异。

《诗序》认为这首诗是"刺其不正嫁娶之数而有荒政多淫婚之俗"。这是以第一人称写的"弃妇诗"。所谓"嫁娶之数"，孔颖达《正义》说是指："嫁娶之礼，天子诸侯一娶不改，其大夫以下，其妻或死或出，容得更娶，非此亦不得更娶。"这首诗的作者是被无故抛弃的正妻。她把前夫比作"樗"（恶木，臭椿）以抒发她被抛弃的愤怒。如果说《氓》像一部戏剧或电影，那么《我行其野》更像一幅充满忧伤的画作。这幅画的远处是湛蓝的天空，天空下是空旷无垠的原野，草地和蓝天相接处，有一个落寞的、俯身采摘野菜的女子的身影。

这首诗是典型的三章体，采用了复沓的章法，每一章的开始都是同一个乐调的反复，显得低回哀怨……这个女子因为双方父母嫁到他乡，并不是要依附夫家。她无故被弃，无家可归，孤立无依。诗中每章前两句既是起兴的套语，也是实写主人公的处境，极有画面感：独自行走在郊外的原野，采摘野菜。她有些怨恨地诉说着自己的遭遇：因为婚姻的缘故，才和你在一起生活。你不遵守嫁娶之礼而再娶，无端将我赶出家门，我只好回到故乡。主人公的语气虽是漫不经心，平静如述他人之事，但难以抑制内心的悲伤。痛定思痛，男子不顾念结发情谊，另娶新欢，实在不是因为新妇比自己富有，只是因为丈夫早已变心。当然，也有可能这是正话反说。但无论什么原因，都是令人悲愤的。"天若有情天亦老"（李贺《金铜仙人辞汉歌》），此刻的苍天只能用无垠的"怀抱"来"包容"这颗受伤的心。

这首诗的象征和隐喻很是出彩,《诗经》中"六义"的"比"的手法被运用到娴熟:"樗""蓫""葍"均是恶木臭草,用来比喻违礼再娶的前夫。

整首诗并无曲折的情节,但其中的故事让人动容。她,一个弱女子,带着"父母之命,媒妁之言"远嫁他乡,经历了短暂新婚的喜悦,却遭受了婚姻的变故。丈夫不顾礼制,再娶新人,虽然丈夫并未明确赶她走,但她不甘于此,只能重回故乡。除了一颗丧失希望的心,还有对自己处境的清晰认识。

除了《我行其野》,《小雅》中的《黄鸟》表现的也是远嫁他乡女子的悲剧。诗中说:

黄鸟黄鸟,无集于谷,无啄我粟。此邦之人,不我肯谷。言旋言归,复我邦族。

黄鸟黄鸟,无集于桑,无啄我粱。此邦之人,不可与明。言旋言归,复我诸兄。

黄鸟黄鸟,无集于栩,无啄我黍。此邦之人,不可与处。言旋言归,复我诸父。

陈乔枞据《焦氏易林·乾之坎》云:"诗意盖女适异国不见答,故欲复其邦族。"全诗为三段式结构,是当时流行的曲式。无论是诗歌的题目还是开头,似乎说的都是夺人口食的黄鸟,但这都是起兴!诗人真正要表达的是后文的感慨:自己远嫁他乡,而此地之人,却因故嫌弃我，不肯容纳我！此人不讲诚信，无法继续相处，所以主人公还是决定回到故乡和亲人身边。

这首诗从表面上似乎看不到任何弃妇诗的痕迹，但实则不然。汉代学者郑玄及三家诗均将此诗和《我行其野》并解为弃妇诗。诗人用黄鸟起兴，用以比喻丈夫的"新欢"，黄鸟的"集于谷""集于桑""集于栩"及"啄粟""啄粱""啄黍"的行为，暗指"新欢"破坏自己家庭的行为。"此邦之人"可能指造成她婚姻悲剧的社会群体。诗人并未详说她的婚姻破裂的原因，但可以猜想，他乡的婚姻，多会因为双方政治地位和利益的变化而变化。当然，也可能是因为她的夫君另娶新人。在那个时代里，个人的婚姻要服从宗国的利益，这对男子也是如此，原来这悲剧早已注定。

《礼记》中说："取（娶）于异姓，所以附远，厚别也。"在这样的前提下，双方一定曾许下"执子之手，与子偕老"的誓言。周代贵族的女子出嫁他乡，和男子娶于异姓一样，都不能自己做主。但身为女子，孤单远嫁，对她而言，一切都是陌生的。他，便是她的全部。"为君一日恩，误妾百年身"（白居易《井底引银瓶》），这是女子的感受。《黄鸟》与《我行其野》，故事如出一辙：究竟利益和感情均可兼顾的婚姻不多，但女子依然坚强，寂寥归乡，终老千古。

纳兰性德的《木兰词·拟古决绝词柬友》说："人生若只如初见，何事秋风悲画扇。等闲变却故人心，却道故人心易变。骊山语罢清宵半，泪雨零铃终不怨。何如薄幸锦衣郎，比翼连枝当日愿。"容若一首词道尽了人间的爱恨情仇，词中既有悲情，也有遗恨，更有他对爱的体验和感受。

班婕妤用《怨歌行》来遣散她寂寞的宫闱生活，赵飞燕与赵合德姐妹的到来，彻底改写了她的命运。早该知道，汉成帝怎会专情，如果知道，也许当初就不会向他展示自己如水的温柔了。

明代凌濛初《言诗翼》评曰："趋富厌贫，薄俗之大。善新忽故，人情之常。诗人抑扬，其词亦加人微罪之意也。"世上之事皆是如此，莫道无情，只是情太深。

杨玉环夺走了梅妃江采萍的宠幸，但皇帝的专情也不能细水长流。许是老天嫉妒，马嵬坡前，也许玉环想的就是"人生若只如初见"。她只是一个女人，深爱着自己的男人，为他起舞，为他妩媚，碍什么国家社稷、天下苍生。她一个弱不禁风的女子，从未干预政事。纵使让她马嵬一死，也挽救不了大唐的衰落。

大明宫里的幽烛还是奄奄熄灭，留下的不过是唐明皇的白发、梦境，还有遗恨。一生挚爱，临了，不过是黄土一捧，他为玉环黯然神伤，也误了江采萍的一生。不知李隆基晚年是否曾经后悔，看着华清池，望着昔日享乐的亭台楼阁，物是人非。如果时光倒流，她还是不谙世事，他还是君王，高高在上，金銮殿里如果没有那刻骨铭心的惊鸿一瞥，也就不会有日后的结局。

只愿"人生若只如初见"，明皇贵妃是，《我行其野》和《黄鸟》的男女主人公亦是。只是我们从诗中没看到男主人公而已。

## 《小雅·车辖》：王后的爱情

《诗经·小雅》中有一首《车辖》，《毛序》："大夫刺幽王也。褒姒嫉妒无道，并进谗巧败国，德泽不加于民。周人思得贤女以配君

93

子，故作是诗也。"以为是周人为周幽王的正妻申后所作。如果旧说可信，那么这个故事的主角就是那位美丽的王后，她原是西周属国申国的公主，后来嫁给周朝天子为妻。她本应执掌后宫，辅佐幽王，但一个女人的出现，彻底改写了她的命运，也埋葬了周朝的整个江山。

要揭开这尘封千年的往事，我们不妨一齐来重温一下《车辖》。这首诗共有五章，全诗以驾车迎亲的新郎的口吻叙述娶亲路上的所见所想，表达对新娘的仰慕、喜爱。

周幽王和褒姒的行事历来受到人们的批判谴责，然而这首诗只是赞美女主人公德行与美貌兼备。《诗序》认为，周朝的百姓希望周幽王娶有德的女子，因此作诗。实际情况可能是，周人为有德的申后无端被废而作诗以讽，或者此诗本另有所指，后被说诗者附会到了幽王和褒姒身上，也未可知。诗中这样说：

间关车之辖兮，思娈季女逝兮。匪饥匪渴，德音来括，虽无好友？式燕且喜。

依彼平林，有集维鷮，辰彼硕女，令德来教。式燕且誉，好尔无射。

虽无旨酒？式饮庶几。虽无嘉淆？式食庶几。虽无德与女？式歌且舞？

陟彼高冈，析其柞薪。析其柞薪，其叶湑兮。鲜我觏尔，我心写兮。高山仰止，景行行止。四牡骓骓，六辔如琴。觏尔新婚，以慰我心。

诗歌首章叙述和赞美女子的美貌与德行，从娶亲迎行程开始。男子想，美丽的她即将出阁，从此自己内心不再饥渴，不再寂寞。他强调，这并不是因为女子的美色，而是她德行出众，即使没有好友，他也会举行宴会，庆祝这良辰美景。茂密的树林，成对的锦鸡，也许这美好的画面触动了男子的内心，使他想到那健康美丽的新娘。男子反复强调是因为女子德行出众，他才这样一往情深。宴会如此快乐，他爱这女子一生一世。娶亲队伍已越过高山，走在平坦的大道上，他望着茂密的树丛，回想起出发前的情景。末章说婚车越过高山，步入大路。"高山仰止，景行行止"，此诗中最为出彩的两句，仰望高山，驰骋大道，借此比喻男子对新娘德行的仰慕。握着缰绳，马儿欢奔，好似弹奏琴瑟，双双对对，琴瑟和鸣，幸福溢于言表。

诗中对女子德行的反复歌颂，不禁让人感慨，周朝百姓是怀着怎样的赞赏和希冀写下这首诗的啊！诗歌写得越是美好，善良的申后就显得越无辜，褒姒的罪孽仿佛就越深重。

故事还得从男主人公讲起，周幽王即位后不久，迎娶了申侯的女儿。申侯，是西周末年西申国的君王。西申国在今陕西宝鸡附近。申侯姓姜，周与之联姻，本是为加强边境防卫能力。申侯的女儿能够嫁给周天子，除了显赫的家庭背景，其美貌也惊为天人。成亲后不久，申后便为周幽王生了一个儿子，名为宜臼。因为是嫡出，所以宜臼被立为太子。对一个惜福和懂得感恩的女人来说，人生至此，夫复何求。美丽贤淑的申后，她两样都有了。如果生在别的朝代，也许她一世安稳，但是，她偏偏生于这国之将亡、大厦将倾的西周末年，又偏偏遇上了一个荒淫无度的幽王，更倒霉的是又出现了褒姒——一个专来和她作对的女人。据史传记载，褒姒是为褒国复仇而来，这一切都好像是命中注定。

褒姒是人吗？也许你要笑，何等荒唐，怎就不是人呢？就算是红颜祸水，也不至于"非人"。但太史公的《史记》将她写成了妖。

据载，夏朝末年，自称是褒国神灵的巨龙出现在王宫。夏朝天子十分恐惧，不知如何是好，便招来巫师占卜，把龙漦（口水）收集下来装入宝匣中，二龙方去。从夏朝末年到殷商末年没有人敢打开装着龙漦的木椟。周厉王私自打开了宝匣，不小心将龙漦洒在了王庭之上，无法清除。他让宫女们脱掉衣服，围着龙漦大声叫喊，结果龙漦变成了一只玄鼋（蜥蜴）爬进了后宫，正好被一个年幼的宫女看到了。后来，宫女未嫁而诞下女婴，十分害怕，便偷偷将女婴扔了。厉王被流放，周宣王即位。街头巷尾的女童传唱"檿弧箕服，实亡周国"的童谣，意谓带着桑木弓箭、箕木箭袋的就是使周朝灭亡的人。

这本是"谣谶"，是预言家或者是别有用心之人制造舆论的手段，常见于易代之际。宣王当然明白其中的内情，下令捕杀买檿弧箕服之夫妇。夫妇逃跑途中遇见被弃女婴且收留了女婴，逃到褒国。后来，这个女婴长大成人，正好赶上褒国触怒周幽王，便四处寻觅美人。于是，为投幽王所好，昔日的女婴来到了周幽王身边，她就是褒姒，这是幽王二三年的事。

谁知幽王"见而爱之，生子伯服，竟废申后及太子，以褒姒为后，伯服为太子"。褒姒不喜欢笑，幽王为了博她一笑，贴出告示：谁能博得美人一笑，便赏千金。"一笑值千金"的典故由此而来。

幽王有个奸佞臣子，名叫虢石父，他献上了"烽火戏诸侯"的主意引得褒姒大笑，而诸侯大怒。这烽火台，本是诸侯国为了保护周天子而修建。当时战事频繁，若敌人进犯，点燃烽火，可传递讯息。只要有紧急战事，诸侯便可在第一时间赶来救援。这么严肃的事情，到了周幽王手里，变成逗乐的玩笑。烽火点燃，千军万马从四面八方赶来。只是，这一把火，也算是燃尽了西周的运气。诸侯们率军赶到城下，一看并无战事。更为荒唐的是，这种"狼来了"的把戏还成了常态化的娱乐节目。为博褒姒一笑，幽王便时常点燃烽火台，刚开始还有几个诸侯率军赶来，后来次数多了，诸侯们再也不相信幽王，索性不来了。

烽火戏诸侯的事件，可能是太史公叙事的一个手段，这和"檿弧箕服，实亡周国"的谣言一样，代表了天意民心对周厉王、周幽王荒唐误国的批判。清华大学收藏的战国竹简文书中关于幽王灭国的记载，就没有烽火戏诸侯的事，这也印证了钱穆《国史大纲》说："此委巷小人之谈，诸侯并不能见烽同至，至而闻无寇，亦必休兵信宿而去，此有何可笑？举烽传警，乃汉人备匈奴事耳，骊山一役，由幽王举兵讨申，更无须举烽。"其实幽王灭国的主要原因还在申国反目。幽王废黜申后和太子宜臼，改立褒姒为后，伯服为太子，一时间朝野一片反对之声。申后是正室，褒姒只是嫔妃，伯服就是庶出。废嫡立庶，这不符合祖宗的规矩，幽王却全然不顾。大臣们早已听闻褒姒的魅惑，目睹幽王的昏庸，所以誓死不同意废嫡立庶。

幽王只听信奸臣，却不相信忠臣所言。申后和宜臼终究是被废黜了。太子宜臼怕被褒姒陷害，便逃奔到了外公那里，即西申国。申侯大怒，集结了缯侯及西北夷族犬戎，一起进攻西周都城镐京。镐京城里浓烟滚滚，这一年是公元前771年。无可奈何中，周幽王仓皇携褒姒和伯服出逃，但最终被抓。传说褒姒活了下来，但下落不明。

幽王被杀后，西周自此覆灭，镐京被犬戎攻占，搜杀抢掠，生灵涂炭。这一切，不是申后想见的。之后，昔日的太子宜臼在外公申侯和许国、鲁国的扶持下，迁都到今天的洛阳，是为东周。

《诗·小雅·正月》："赫赫宗周，褒姒灭之！"司马迁也说："周之兴也以姜原及大任，而幽王之禽（擒）也淫于褒姒。"这里，抛开褒姒是否红颜祸水不说，她的妖媚断送的不只是锦绣江山、黎民苍生，还有一个女人的爱恨情仇。申后在这个故事中似乎只是绿叶，陪衬了褒姒的冶艳与风情，从《诗序》将《车辖》这首诗附会到申后看，其实她从未远离。"一掷千金""烽火戏诸侯"里她伤心欲绝，西周覆灭的故事里掺杂了她的幽怨和无奈。刘向《列女传》云："褒神龙变，突生褒姒，兴配幽王，废后太子，举烽至兵，笑寇不至，申侯伐周，果灭其祀。"如果幽王一心待申后，也许历史就会改写。

胡曾《咏史诗·褒城》曰："恃宠娇多得自由，骊山举火戏诸侯。只知一笑倾人国，不觉胡尘满玉楼。"幽王如此，申后亦如凋零的花朵，纵然华贵至天子之后，末了，也未逃脱一个"情"字。

讲完了故事，再来重读《车辖》，已无初读时的新婚喜悦之情，字里行间渗出的是哀怨与讽刺：申后那已埋葬于深宫的爱情，黎民期望的眼神，还有镐京郊外的烽火幽幽……

## 《邶风·绿衣》：庄姜的婚姻悲剧

《诗经》中有这样一位女子，任你赞叹，不光为着那倾国倾城的容貌，还有笃定贤淑与宽容大度的人性之光。据宋代朱熹考证，《诗经》中有五首诗歌与她有关。此女名叫庄姜。据《左传·隐公三年》记载："卫庄公娶于齐东宫得臣之妹，曰庄姜，美而无子，卫人所以为赋《硕人》也。又娶于陈，曰厉妫，生孝伯，早死；其娣戴妫生桓公，庄姜以人为己子。"这里，略去大家都熟悉的《硕人》一诗，且选一首《绿衣》。

《邶风·绿衣》，表面上似乎是一个好听的诗题，清新淡雅，素净得让你心颤，但实际上饱含着悲苦和辛酸：

绿兮衣兮，绿衣黄里。心之忧矣，曷维其已！

绿兮衣兮，绿衣黄裳。心之忧矣，曷维其亡！

绿兮丝兮，女所治兮。我思古人，俾无讹兮。

缔兮绤兮，凄其以风。我思古人，实获我心！

整首诗歌，都在哀叹。根据《诗序》的说法，"是卫庄姜伤己也。妾上僭，夫人失位而作是诗也"。"绿衣黄里"，郑玄说绿是间色，黄是正色。这是隐喻小妾逾越正室，并最终取代了正室夫人。诗人只是反复吟咏自己的忧伤，并未表达希望夫君能回心转意，或者希望时君子向夫君进谏，提醒他注意自己的行为，让他认识到这样做的危害，加以改正，不要使这不良的风气影响了治理政事。

庄姜，姜姓，是齐国的公主，因嫁给卫庄公，故称庄姜。她生得十分美丽，也端庄有德。"手如柔荑，肤如凝脂，领如蝤蛴，齿如瓠犀，螓首蛾眉，巧笑倩兮，美目盼兮"。纤纤玉手，宛若嫩草，无暇美肤，好似凝脂，颈部白皙，额头饱满，黛眉细长……这些描述都是卫

《绿衣》王后望一家三口

国百姓们称赞她的诗《硕人》里的句子。后代文人也感叹庄姜的美貌，认为历代诗文对美女的描摹，再也无法逾越《硕人》这些绝妙的笔法，之后史书上对美女的形容也都是以庄姜为模本。如果仅有这绝色的容貌和出众的才华，还不值得诗人们大书特书，庄姜的德行更为人所称赞。

据《左传》记载，卫庄公娶得庄姜后，无法生育，而这对于诸侯国的国君来说，是涉及权力传承的大事。因此，卫庄公又从陈国娶来了姐妹两个，厉妫和戴妫。

这些事件据《诗序》，《诗经》中的《日月》《燕燕》《终风》等诗也有涉及。这些诗篇和《绿衣》一样，表现的只有"伤己"之情，而无怨世之心。

庄姜常常因为不能生育，责备自己。陈氏姐妹倒也争气，每人为卫庄公生了一个儿子。厉妫生下儿子孝伯后，便去世了。戴妫生的儿子取名姬完，他就是后来的卫桓公。天下的女子，看到丈夫与别的女人生下孩子，都会嫉妒，就算不去报复，也无法接受，然而庄姜超越了常人。庄姜缘何被诗人称颂，并且几千年后依旧让读者钦佩不已，也许正是因为，她不平凡。庄姜异于常人，她将戴妫的儿子看作自己的孩子，疼爱有加。卫国上至朝臣，下至百姓，都为她所动容，因而赋诗《硕人》，歌颂庄姜。

虽然如此，但不久后，戴妫成了另一个庄姜，被卫庄公疏远。漫漫长夜，独守于深宫，都是如花的红颜，其中的寂寥，几人能晓？

卫庄公有了新的宠妾，生有一子，名叫州吁。卫庄公宠着小妾，于是对待州吁，亦如世子。大臣石碏进谏，这样下去，终有一日会酿成大祸。希望卫庄公教育好州吁。

这首《绿衣》便作于此时。通过诗歌，庄姜惨淡的生活展露无遗：身为王后，膝下无子，国君的冷落，使她"心之忧矣，曷维其已"。这也许是庄姜在夜半的低低饮泣，幽幽心语。

卫庄公去世后，戴妫的儿子顺利即位，即桓公。庄姜素来爱护桓公，这下终于有了依靠。只可惜公子州吁与石碏之子石厚密谋杀害了卫桓公。庄姜往常就看不惯骄横的州吁，他杀君夺位后，庄姜更是度日如年。违逆上天，背驰民意，州吁的君位坐得并不稳当，最终被陈桓公杀死。

这段卫国的宫廷历史，听上去像是一部"波澜壮阔"又有"卖点"的"宫斗剧"。但我们如果还原历史，从权力斗争外就会呈现出庄姜笃定坚韧的人性之美。只是，可惜了庄姜，她出身高贵，善良温婉，远嫁异乡，尽力辅佐丈夫，在丧夫后亦未选择回到故乡齐国，而且继续为卫国的事情尽自己的力量，她的选择和其他婚姻悲剧中的自怨自艾者很不同。

庄姜留给后人的，不只是她幽怨曲折的人生故事，还有那一首首触动心灵的诗歌。《绿衣》就是其中的代表作，透过文字感受到的悲悯情怀和娴静淡雅，一如庄姜当年的风姿与淡淡的香气，隐藏在《诗经》的某个角落，幽幽咽咽，暗香浮动。后来，东汉才女班婕妤的《自悼赋》，还曾用《绿衣》的典故来比喻自己的身世遭遇，可谓是《绿衣》作者的隔代知音。

## 《郑风·遵大路》：不念旧情的良人

爱要长久，真要"媒妁之言"吗？倘若我不畏人言，不听父兄之言，不顾舆论，毅然决然与良人私订终身，然后跟着他浪迹天涯，会不会找到幸福？又会是怎样的结局呢？追求自由还是逃避自由的选择永远是人们生活中的一大难题。《诗经》的婚恋诗中，有很多篇章借助男女主人公的爱情悲喜剧，形象地反映了面对上述难题的男女主人公，尤其是女性的情感和心理。

在《郑风》里有一首《遵大路》，诗中的女主人公用泪水谱写了一段这样的伤心往事：

> 遵大路兮，掺执子之祛兮，无我恶兮，不寁故也！
> 遵大路兮，掺执子之手兮，无我丑兮，不寁好也！

这首诗中的故事发生在大路边，一定有许多围观的人。所以，诗的主人公既像是自言自语，又像是向围观者诉说："沿着大路走啊，我拉着你的衣袖，请你不要把我嫌弃，你怎么能不念旧情，离我而去；沿着大路走啊，拉着你的手，不要嫌弃我呀，不念我的好。"

简单几句，呈现了一幅令人心碎的画面：女子衣衫不整，头发蓬乱，面容憔悴。她拉扯着她的良人，软语相劝，劝慰中略带责备之意。诗中未写男子的反应，实际也许是男子面对她无言以对。这绝不是世俗常见的那种哭天抢地的场景，但读者为女子的情绪所牵扯着，故事究竟如何？诗人却戛然而止，留给读者去想象。

《遵大路》女子哀求

朱熹的《诗集传》中言："淫妇为人所弃，故于其去也，揽祛留之。"朱子评价此诗，"淫妇"这一用词，未免显得太过偏激。今日看来，这个女子不过是想努力留住她所爱的人罢了。但在周代，这种行为是极为大胆的。程俊英先生解释诗中的"故"字说："故，故人，老伴。"也说得通。很明显，昔日里女子抛却羞怯，不顾流言蜚语主动追求他并嫁给了他。女子下定决心，哪怕是跟他浪迹天涯也不离不弃。只是今日，色衰而爱弛，丈夫偏要离她而去。诗中所写，只是这个故事的结局。

屈原的《离骚》、宋玉的《登徒子好色赋》、冯衍的《显志赋》等，都曾用此诗的典故。《遵大路》中的女主人公那不顾路人讪笑拉着男子的衣袖凄婉的哀求，打动了多少读者，却未打动诗中的男子。假若男子真的离她而去，女主人公又将如何？诗中虽未明说，但可以猜想，这对她不啻灭顶之灾。虽说天涯何处无芳草，但对痴情的女子而言，没有了爱，也许剩下的只是一具躯壳。屈原、宋玉、冯衍之所以被这首诗打动，并用此典故，也表明他们深深地同情女主人公的遭遇。

这样的故事总让人感慨，甚至让人为之落泪。既然自主选择的爱总是导致悲剧，难道"父母之命，媒妁之言"才会赢得幸福的婚姻吗？在这件事上，有没有第三条路可以选择呢？西蒙娜·德·波伏瓦说："女人不是天生的，而是变成的。"（《女人是什么》）

说到这里，不免让人想起唐传奇故事《非烟传》。这个故事说的是在唐懿宗时，洛阳城中有一位绝色美女，名叫步非烟。街头巷尾，人们纷纷传说着她的美貌与才情。唐朝本以女子丰腴为美，但步非烟不似那寻常美人，天生一副轻灵曼妙的身形，常被人比作柳叶飘舞，仿佛连轻柔的纱衣都会让她不堪重负。此女有倾国倾城之貌，缘何上天又垂爱她，赐予她仙灵般的气质和出色的才艺。相传，步非烟弹得一手好琴，又喜爱文墨，吟诗作画也是上乘之道。

就是如此才貌俱佳的绝代美人，却无法违抗这"父母之命，媒妁之言"。步非烟被父母许配给临淮武功业，而武功业是个粗鄙不堪的武将，整天只知道舞刀弄枪，无法走进非烟的内心，更不能和非烟吟诗作对。非烟内心十分孤独，便与邻家公子赵象暗中相好，两人才情相当，互相倾慕，暗地里诗酒唱和。时间一长，这件事被她身边的婢女知道了。日子在阳光的尘粒里一点点溜走。后来，非烟因为小事责罚这个婢女，小奴婢气不过，为报复主人而告密，武功业一听这事暴怒，鞭笞并质问步非烟，为何红杏出墙？非烟只字不提赵象，口中却念着："生得相亲，死亦何恨。"武功业一怒之下，便将步非烟打死。一时间街头巷尾，议论纷纷，步非烟被打死的消息传到赵象耳朵里，他害怕受牵连，竟然偷偷乔装改扮，连夜逃窜到江浙一带隐姓埋名，去过他的生活了。

一代佳人就此香消玉殒，宛如那寄身东流的桃花，任意飘荡，随波逐流；又如那一缕香气，随风飘散，无影无踪。倘若步非烟可以自由选择爱人，便不会有之后的悲剧。

旧时的婚姻制度，扼杀了多少青年男女的爱情，他们原想着寻觅自由，只是违抗不过命运，必要低头，以致在婚姻里满地忧伤。《遵大路》一诗的作者，比起步非烟似要幸运很多。周代的礼教不像

我们想象的那么严苛，至少，她还按自己的意愿爱过。

爱情是文学永恒的主题。前代的爱情故事令人感伤，生活似乎是一出玩偶剧，本以为我们可以成为主宰一切的主角，然而，结果并非如此。无论怎样的身份，平民抑或是贵族女子，"媒妁之言"抑或是自由恋爱，都免不了"风住尘香花已尽"（李清照《武陵春·春晚》）的凄凉结局。

《诗经》对爱情的歌咏，来源于一个个真实的爱情故事。那些尘封的往事也许早已化为尘埃，只是那故事背后的倔强、执着、热忱、奔放、贞静、娴雅的生命奏出的华丽乐章，还回旋在我的耳畔，流淌在你的心尖。时间消逝在无涯的荒野里，带走了一切，而奇妙的是，这些跳动的文字，保留了那份最原始的心灵感动。

遥远的欧洲，七十四岁的歌德，爱上了十七岁的乌丽莉卡，留下的便是《马里耶巴德哀歌》。这著名的诗篇里，最耀眼的，是那份穿越时光、历久弥新的动人爱恋。你听过夜晚的箫声吗？哀怨低回，柔肠千转，每一个爱情故事都是如此……

## 《邶风·谷风》：患难未必见真情

《邶风》中的《谷风》一诗，也是《诗经》中篇幅较长的一首叙事诗。《小序》："《谷风》刺夫妇失道也。"孔颖达疏曰："作《谷风》诗者，刺夫妇失其相与之道，以至于离绝。"这首诗所叙述的，也是一位被丈夫无情抛弃的女子的遭遇。诗篇以女子的倾诉成诗，风格悲凉，语带辛酸：

习习谷风，以阴以雨。黾勉同心，不宜有怒。采葑采菲，无以下体？德音莫违，及尔同死。

行道迟迟，中心有违。不远伊迩，薄送我畿。谁谓荼苦？其甘如荠。宴尔新昏，如兄如弟。

泾以渭浊，湜湜其沚。宴尔新昏，不我屑以。毋逝我梁，毋发我笱。我躬不阅，遑恤我后。

就其深矣，方之舟之。就其浅矣，泳之游之。何有何亡？黾勉求之。凡民有丧，匍匐救之。

不我能慉，反以我为仇。既阻我德，贾用不售。昔育恐育鞫，及尔颠覆。既生既育，比予于毒。

我有旨蓄，亦以御冬。宴尔新昏，以我御穷。有洸有溃，既诒我肄。不念昔者，伊余来墅。

此诗共六章，首章"习习，和舒貌。东风谓之谷风。阴阳和而谷风至，夫妇和则室家成，室家成而继嗣生"（《郑笺》）。以和风吹来起兴，象征着夫妻和顺恩爱，还以采摘蔓菁与萝卜不弃根茎，比喻夫妻信守诺言，丈夫勿以年老色衰而抛弃妻子。第二章写女子被丈夫赶出家门，心中悲愤不已。回想起往日生活虽然艰难，但夫妻一心，虽苦而不觉其苦。第三章中女子叙述自己因遭人诬蔑而被抛弃，丈夫因此另娶了新妇，虽然担心孩子不容于后母，但自己只能悲伤地离开原本属于她的家。第四章反复述说自己过去在夫家尽心操持家务，和邻里和睦相处，并没有犯什么错误，表达了无端被弃的冤屈。第五章说自己虽然有德，但丈夫并未因此欣赏她。当初夫家生活贫贱时，她从未嫌弃抱怨，与丈夫患难与共，然而今天生活好了起来，丈夫反而厌恶自己，视她若毒虫。第六章写这位妻子对丈夫的怨恨，她过去以自己带来的嫁妆御穷，日子过得稍好一些丈夫就忘了本，变了脸，抛弃了自己。末两句又回想他们恩爱的时候，于怨恨之中又流露出对家庭的留恋。

这位女子，遇人不淑。其夫只是听信谗言，便不顾妻子的哀求而无情抛弃了她，在新娶的妻子进门之时，把她赶出家门。宋代学者朱熹《诗集传》中说："妇人为夫所弃，故作此诗，以叙其悲怨之情。"说得极是。

现代学者俞平伯在《读诗札记》中说："则《谷风》之篇犹之汉人所作《上山采蘼芜》。其事平淡，而言之者一往情深，遂能感人深切。通篇全作弃妇自述之口吻，反复申明，如怨如慕，如泣如诉，不特悱恻，而且沉痛。篇中历叙自己持家之辛苦，去时之徘徊，追忆中之情痴，其绵密工细，殆过于《上山采蘼芜》。彼诗只寥寥数语，而此则絮絮叨叨；彼诗是冷峭的讥讽，此诗是热烈的怨诅。三百篇中可与匹敌者，只有《氓》之一篇，而又各有各的好处，全不犯复。"

其实，这首诗之所以感人，最重要的并不是诗的表现手法如何如何，而是这个女子的不幸遭遇和真情流露。有趣的是，在《小雅》之中，也有一首《谷风》，简直就是《邶风》中这首《谷风》的简写本：

习习谷风，维风及雨，将恐将惧，维予与女。将安将乐，女转弃予。

习习谷风，维风及颓。将恐将惧，置予于怀。将安将乐，弃予如遗。

习习谷风，维山崔嵬。无草不死，无木不萎。忘我大德，思我小怨。

诗的末章说"忘我大德，思我小怨"，就是对前首《谷风》所述女子遭遇的最好概括。有的学者认为这两首诗实是一首诗的不同版本，因为古诗在流传过程中出现文本上的差异，本属常见。如果这种说法可信，那么解说后一首《谷风》的人把这首诗的主题视为"述朋友道绝"，就显得有些牵强了。

《诗经》，尤其是其中的《国风》，是中国文学中最早最集中表现女性情感世界和思想观念的作品。每一首诗，每一颗心，每一声欢笑，每一声啜泣，都宛如一道闪电，照亮这昏暗的世界，涤荡着我们的灵魂。这些诗篇中的一个个字符，不仅仅是字符，它们是跳动的生命和精灵，久久地萦绕在我们的梦境之中。诗人的低声倾诉虽消失在暗夜里，但那些文字无终结之时，其中的生命感受会传播得久远且无边广阔。在遥远的天边，在大海的尽头，在凄凉的人世，相逢就是一首好诗。重温《诗》篇中的故事，恰似聆听一首时而明快跳跃时而低回婉转的交响曲，空灵的音符随风飞舞，尽情地诉说着爱与恨的地老天荒……

# 淇水流域的讽刺诗与卫国的宫闱秘史

在此前的章节里，我们一同领略了女性对爱情的向往，大胆追求及为了爱的倾心付出；共同领略了春日里自由浪漫的爱情，见证了琴瑟和谐的幸福婚姻，也看过了无情冷漠的负心人和失败破裂的婚姻。那些美好而简洁的诗句呈现出的情境与故事，虽然历经千年却仍然如此感人。我们依旧能够感受到诗中人的激情、幸福、惆怅和痛苦。不论时间如何流逝，人们对美好爱情的向往与追求不曾改变。爱情，依然令无数当代人辗转难眠。

然而这一章的故事，将要超出前文的普通恋人和夫妇之间的卿卿我我与分离思念。《卫风》《邶风》《鄘风》中的一些刺诗，讲述了卫国的内乱和贵族国君的宫闱秘史。

不过，在进入诗中的故事前，需要确认一下我们看待这些事情的态度和角度。否则，我们就可能沦于低俗、庸俗和媚俗，从而成为喜欢那些无聊绯闻的看客之流。孔子曾说："《诗三百》，一言以蔽之，曰：思无邪。"如果我们只是热衷于诗中的绯闻，那他老人家的真正用意也将被我们误解，那阅读本书便毫无意义了。

《诗经》中的诗可以"经夫妇，成孝敬，厚人伦，美教化，移风俗"（《毛诗序》）可见，《诗经》是中国古代社会伦理、道德准则和行为规范的模本。《诗经》具有这样的意义，并不仅仅因为诗篇中反映了雅正无邪、温柔敦厚的思想内容，还因为其中的诗篇，表现了对于当时社会中不合礼制，甚至违背人伦之人物和事件的批评与讽谏，这些诗篇的创作目的就是警醒世人、以正教化。这种"以恶明善"的辩证批判性也可以说与老子"天下皆知美之为美，斯恶矣；皆知善之为善，斯不善矣"的哲学有着内在的共同之处。而这样的教化作用，便是孔子在《论语·阳货》所说的："《诗》可以兴，可以观，可以群，可以怨。迩之事父，远之事君。"

儒家诗教的要义，就是通过涵咏诗篇起到感发人心的功用，使人获得道德上的提升和心灵上的净化。《诗经》中何以要收入讽刺丑闻和恶行的诗呢？简单说，就是要通过这些诗使人明白何为非，继而坚持何为是，应该以审丑的眼光去审视这些诗篇，而不应该单单从诗句和后面那些违背伦理的故事中，获得围观闹剧和刺探八卦绯闻的快感，也不能将它们当作猎奇的故事一笑而过。我们至少应该从中明白，欲望绝不应该逾越道德的底线。


## 《卫风·硕人》：卫君无道，红颜命薄


春秋时期的人说"卫多君子鲁多儒"，《淇奥》一诗赞美的卫武公，好修尚德，从谏如流，真可谓是有德之君子。他也是一位克己守礼、仁爱有道的好国君。然而，他的好风尚未能传下去，《卫风》中出现的卫国为君的，多是些不仁不义、荒淫好色、漠视礼制人伦的"昏君"。《硕人》中庄姜的丈夫卫庄公，本来可以成为像卫武公那样的明君，但他听信妇人之言，废嫡立庶，宠爱小妾及其子州吁，不仅

导致了庄姜的悲剧，还使卫国陷于混乱。真可谓是卫君无道，红颜命薄。《硕人》一诗说：

硕人其颀，衣锦褧衣。齐侯之子，卫侯之妻。东宫之妹，邢侯之姨，谭公维私。

手如柔荑，肤如凝脂。领如蝤蛴，齿如瓠犀。螓首蛾眉，巧笑倩兮，美目盼兮。

硕人敖敖，说于农郊。四牡有骄，朱幩镳镳。翟茀以朝，大夫夙退，无使君劳。

河水洋洋，北流活活。施罛濊濊，鳣鲔发发。葭菼揭揭，庶姜孽孽，庶士有朅。

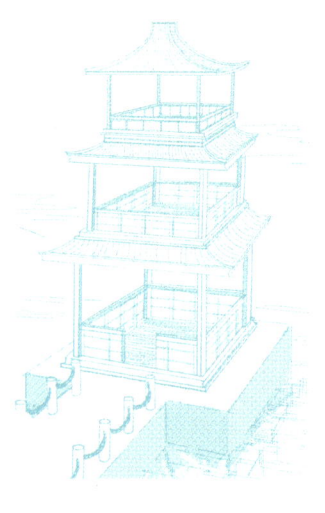

据《左传·隐公三年》记载："卫庄公娶于齐东宫得臣之妹，曰庄姜，美而无子，卫人所为赋《硕人》也。又娶于陈，曰厉妫，生孝伯，早死。其娣戴妫生桓公，庄姜以为己子。公子州吁，嬖人之子也，有宠而好兵，公弗禁。庄姜恶之。石碏谏曰：'臣闻爱子，教之以义方，弗纳于邪。骄奢淫佚，所自邪也。四者之来，宠禄过也。将立州吁，乃定之矣；若犹未也，阶之为祸。夫宠而不骄，骄而能降，降而不憾，憾而能眕者，鲜矣。且夫贱妨贵，少陵长，远间亲，新间旧，小加大，淫破义，所谓六逆也。君义，臣行，父慈，子孝，兄爱，弟敬，所谓六顺也。去顺效逆，所以速祸也。君人者，将祸是务去，而速之，无乃不可乎？'弗听。"

这段话的大意是说，卫庄公从齐国娶来了美丽的庄姜，卫国人因为她的美貌创作了《硕人》一诗。这首诗对庄姜美丽的描述成了后世数千年赞美女人时学习的最佳范本！有人曾感叹"千古颂美人者无出其右，是为绝唱"。诗中用以描绘美人的句子如"手如柔荑，肤如凝脂，领如蝤蛴，齿如瓠犀。螓首蛾眉，巧笑倩兮，美目盼兮"。这些美好的词语是数千年来人们都耳熟能详的。

只可惜庄姜未能生育子嗣，卫庄公便又从陈国娶妻，而且不止娶了一个，是娶了同胞姐妹两个女人。其中的妹妹生下了桓公，庄姜把他当作自己的儿子抚养。另外，卫庄公的宠妾生有一个儿子州吁。卫庄公非常宠爱这个儿子，任由他喜欢武事。大臣石碏劝谏卫庄公，对他说："喜欢儿子就应该以道义教导儿子，骄傲、无礼、违法和放荡将使人走上歧途。如果并不打算将州吁立为太子就不要过分宠爱。那种受宠而不骄傲，骄傲却能安于下位，在下位但不怨恨，怨恨却能克制的人是很少的。而且，低贱的妨碍尊贵的，年轻的欺凌年长的，疏远的间离亲近的，新人替代旧人，小的凌驾大的，淫欲破坏道义，这六种是错误的逆行。而为君的有义，为臣的履行君命，父亲慈爱，儿子孝顺，兄长宽容，兄弟恭敬，这六种才是顺应天理人伦对的行为。倒行逆施的话，就会很快招致祸害。为人君要去除祸患，如今却加速它的到来，怎么能行呢？"

这样的劝谏有理有据，但卫庄公完全不听，不仅导致后来州吁谋逆杀君，杀死了自己的哥哥企图谋夺王位。更让此后的卫国王室违背天理而逆行，全然没有对人伦天理的顺应。于是，接下来的卫国便在混乱中走向了灭之。

卫国这么多幼弟僭位、长幼无序、尊卑无度，这是对上下尊卑的践踏，对伦理秩序的蔑视，几乎成了一种惯例。人人都无视这些礼制规范，以至于完全失去了对自我欲望的克制。这样的放纵混乱又怎么可能管治出一个强大的国家呢？最终就如石碏所预言的那样，没有了人伦秩序的卫国，在经历了无数亲人相残后招致了灭亡。

而卫宣公的祸乱人伦似乎就是一种前兆，就好像那大唐盛世里李隆基与杨玉环的爱情悲剧，成了李唐王朝的盛衰分界线。此后便是繁华消尽，攘攘世间的民不聊生。又好像《红楼梦》中的大观园里，表面钟鸣鼎食、礼义廉耻，实则种种的叔嫂乱伦，父子聚麀。迎来的也不过是大厦倾颓，只留得白茫茫大地真干净！

# 《邶风·新台》：父夺子妻的丑闻

　　《新台》这首诗出自《邶风》，邶、鄘、卫都是卫，所以都是产生在卫国的诗。卫国是殷商的后裔，加上卫国地处周朝的中心，西周以来，这里四方辐辏，交通便利，商业发达。春秋时期，更是成了一大商业中心。贸易的发达，人口流动性的增强，促使思想观念发生了变化，具体讲就是西周以来礼乐教化在这些地区日渐式微。卫国的都城正当商朝的朝歌一带，这里成为当时的交通要道和商业都会。在《韩非子》《吕氏春秋》《战国策》等书中记载的寓言故事大多发生在这里，郑国人、卫国人、宋国人常常是主角，在思想正统的人看来，他们的行为有些与众不同。

　　这里要讲的就是发生在卫国的父夺子妻的故事。这故事还要从《邶风·新台》讲起，诗是这样写的：

　　新台有泚，河水弥弥。燕婉之求，蘧篨不鲜。

　　新台有洒，河水浼浼。燕婉之求，蘧篨不殄。

　　鱼网之设，鸿则离之。燕婉之求，得此戚施。

　　"泚"在《说文》中作"玼"，意思是鲜艳明亮的样子。"弥弥"则是说河水满溢之状。"燕婉"代指美色，也有快乐和顺的意思。"蘧篨"，传统的《诗经》注本解释为癞蛤蟆，也有的解释为因佝偻病不能俯身的人，其实这两种解释都说得通。闻一多有《〈诗·新台〉"鸿"字说》一文，认为"蘧篨""戚施""鸿"都指形象丑陋的蟾蜍。《国语·晋语》说："蘧蒢不可使俯，戚施不可使仰，僬侥不可使举，侏儒不可使援，蒙瞍不可使视，嚚瘖不可使言，聋聩不可使听，童昏不可使谋。"这些人，身体有残疾，不可使他们完成超出自己能力的任务。由此看，诗中所言的蘧蒢当是代指相貌丑陋的人。

《诗序》中说："《新台》，刺卫宣公也。纳伋之妻，作新台于河上而要之，国人恶之，而作是诗也。"意思是说，这诗是讽刺卫宣公的"纳伋之妻"行为。诗中的女主人公，青春年少，美貌出众，本是嫁给美少年，如今却嫁给了蘧蒢一样丑陋的丈夫，命运真是不尽如人意。这就是此诗的主题，很像一曲"春秋版"的《长恨歌》！

透过诗句，我们试着恢复诗作中的情景：一座矗立在卫国都城朝歌郊外淇水边上的崭新楼台，拔地而起。如此高大而华丽的新台，它的倒影映射在洋洋浩大、滚滚前行的淇水河面上。一位身着美艳嫁衣的绝色少女望着高台和面前迎接自己的丑陋丈夫，难忍心中的愤懑不平。离开父母前，所有的人都在祝福她：将要嫁给一个英武帅气的少年儿郎，然而如今嫁给这样一个鸡胸驼背、像蛤蟆一样的丑陋男人！这样的境遇，这样的落差，怎能不让人心生悲痛！

这不幸的少女来自齐国，是齐国国君的女儿，本是要渡河嫁给卫国国君的儿子公子急。原本这是一个公主与王子的完美结合，为什么会成为癞蛤蟆吃了天鹅肉的悲剧呢？我们就来扒一扒其中的缘由。据《左传·桓公十六年》讲，卫宣公为儿子急子从齐国娶妻。说亲的人回来后，盛赞新娘的美貌，卫宣公知道了新娘美艳无双。他刚开始只是动了这个恶念，并未敢付诸行动。他手下的小人们见此情境，就如此这般地献上奸计。就这样，新娘在到达卫国后，没有直接进城，而是被安排在了郊外的新台。而冒充齐女的女子，被送到城里和公子急成了婚，这样的事，注定要败露。公子急知道了这件事，也是敢怒不敢言。宋人洪迈《容斋五笔》考论认为，卫宣公和急子并非父子关系，也就是说《左传》所载卫宣公烝于夷姜之事并不可信，谓"宣公立仅十九年，不应烝夷姜而生伋，又纳伋妻而生寿，粗"。《诗序》折中其说，言"纳伋之妻"，相对"众恶皆归之"的众人，稍显其理性。但即便如此，伋总是晚辈，宣公的行为还是应受到批判，故"国人恶之"。

《新台》诗中所说的"新台"，就是卫宣公为"夺"来的未婚妻而修建的。据《左传》记载，卫宣公派人在河边修筑新台，强纳齐女为己妾的时候，夷姜自缢而死。这件事是史家怀疑卫宣公的主要原因，可能也是齐女受害受伤而敢怒不敢言的原因。

卫宣公不仅无视儿子的感受，也同样无视女方的意愿，几乎是强行让她成为这个丑陋老头的妻子。

《春秋左传·桓公十六年》记录了这件事，说："卫宣公烝于夷姜，生急（伋）子，为之娶于齐而美，公取（娶）之。"这件事被写进了《春秋》。后来《史记·卫世家》《列女传》《新序》等书都记载了这件事，引起了众怒，也就永远把卫宣公钉在了耻辱柱上。然而令人奇怪的是，齐国人当然也知道这件事，但并没有和卫国进行交涉。


## 《邶风·二子乘舟》：卫国节士的故事


先前说过，卫国虽有如石碏那样的忠臣及庄姜那样的贤妃，但都被排挤，主要是卫国的礼崩乐坏，社会风气坏了。卫国的公子急和其弟寿，可以说是这种不良风气中的有德君子。急子为卫宣公庶母夷姜所生之子，从小被托付给大臣抚养，亲情的疏离本已经伤害了急子的心灵，跟从大臣学习时知道自己的身世，也让急子倍感痛苦自卑，长大后"宣姜事件"也让他十分难堪。这样的人生本来已够坎坷了，然而宣姜为了让儿子继承君位，还要设计杀他。《邶风·二子乘舟》即与此事有关，诗中说：

> 二子乘舟，泛泛其景。愿言思子，中心养养。
>
> 二子乘舟，泛泛其逝。愿言思子，不瑕有害！

刘向《新序·节士》中说："卫宣公之子，伋也、寿也、朔也。急，前母子也。寿与朔后母子也。寿之母与朔谋，欲杀太子急而立寿。使人与急乘舟于河中，将沈而杀之。寿知不能止也，固与之同舟，舟人不得杀急。方乘舟时，急傅母恐其死也，闵而作诗，《二子乘舟》之诗是也。"这段话是说，宣姜和姬朔为夺王位设计让急子乘舟出行，在急子乘舟时让人杀害他。姬寿心知阴谋，为了保护急子，与急子一同乘舟。急子的傅母只能默默祈祷他们兄弟能逃脱灾祸，不被奸人伤害性命。按刘向的说法，《二子乘舟》就是急子的傅母所作。卫国善良的百姓也非常敬爱这两位善良的王子，却无法拯救他们。这就是此诗背后的故事。

另外一种说法在细节上稍有出入，《毛传》认为：

二子，伋、寿也。宣公为伋娶于齐女而美，公夺之，生寿及朔。朔与其母诉伋于公。公令伋之齐，使贼先待于隘而杀之。寿知之，以告伋，使去之。伋曰："君命也，不可以逃。"寿窃其节而先往，贼杀之。伋至，曰："君命杀我，寿有何罪？"贼又杀之。国人伤其涉危遂往，如乘舟而无所薄，汎汎然迅疾而不碍也！

这是毛诗的看法，司马迁《卫康公世家》也持此说。急子的母亲夷姜上吊自杀后，宣姜和其子姬朔为了权力依然不肯放过可怜的急子，在无情的卫宣公前诬陷急子。他们定下了狠毒邪恶的计谋，佯装派急子出使齐国，让杀手埋伏途中，伺机杀掉急子。不知道是幸运还是不幸，自小也被托付大臣抚养的姬寿，虽与朔是一母所生，却生性善良。在得知父母和兄弟要杀害同父异母的大哥急子时，他就悄悄通风报信并劝急子逃生。然而，急子不想逃走，他可能已厌倦了礼崩乐坏的乱世众生之相，也为严守孝道和君臣之礼，所以说："君命也，不可以逃"。但姬寿不舍得兄长如此死去，竟灌醉急子，自己拿着太子节旄前去齐国，寿毫无意外被杀害了，而急子酒醒后对凶手说："你们要杀的是我，他有何罪？请你杀了我吧。"就这样，在卫国那个荒淫王室中仅存的两位兄贤弟悌的君子，刘向称之为"节士"的人，牺牲在了自己亲人的无尽欲望里。《毛传》《诗序》均以为是"国人伤之而作诗。"

卫国宫闱内的情感纠纷，逐渐升级为权利的斗争，引发了杀戮，也引发了对人性的拷问。这教训虽然深刻，但在后世一次次重演。

《二子乘舟》老妇人担忧祈祷

善良的汉惠帝十六岁时，在母亲吕后的扶持下登上皇位。在汉惠帝得知母亲吕后想要将曾经威胁过自己的赵王如意招至京城杀掉的时候，他就亲自出城迎接赵王，和赵王如意一同回宫，与如意同吃同住，以此来保护如意。只是，一日早晨，汉惠帝要早早练习射箭，看到如意睡得正酣，就不忍心叫醒沉睡的弟弟，等他黎明时刻赶回时，竟发现如意已经被吕后派人毒死了。吕后竟将戚夫人囚于永巷，戚夫人做《永巷舂歌》："子为王，母为虏。终日舂薄暮，常与死为伍。相离三千里，当谁使告汝？"吕后大怒，将其迫害成"人彘"，还故意叫汉惠帝前去观看，像汉惠帝那样虽然正直却很柔弱的少年，哪里受得了这样残忍的刺激，知道那是昔日美艳受宠的戚夫人后，大哭而病。病好之后，惠帝每日饮酒作乐，从此不理朝政，在悲愤与无奈中过了七年就去世了。

班固称汉惠帝为"宽仁之主"，在史书中留下了他善良的事迹。而卫国的急和寿也只留下了卫国百姓的同情，以及与他们命运有关的《二子乘舟》追忆他们的故事。诗中说"二子乘舟，泛泛其景。愿言思子，中心养养。二子乘舟，泛泛其逝。愿言思子，不瑕有害。"表达的就是无法主宰命运的痛苦，诗中的"乘舟"意象，也成为后世诗文中命运沉浮的典型象征。

## 《鄘风·墙有茨》：夷姜的悲剧

《诗经》中与卫国相关的作品，除了那些卫国男子的故事，还有涉及悲剧色彩的女子诗作。如《墙有茨》的主人公——公子急的母亲夷姜，就是其中之一。虽然在《墙有茨》一诗涉及的整个故事中她似乎没有多少戏份，但她实际上是一个很特别的女子。《左传》记载："初，卫宣公烝于夷姜。"杜预"注"解释"烝"字说："上淫曰烝。"夷姜是卫宣公父亲卫庄公的妻妾，本来是卫宣公的长辈，但是卫宣公与之有私情，甚至还生下了急子。前文已提及，宋代洪迈从情理推断"卫宣公烝与夷姜"并生子为伋（急子）不可信。卫宣公在位的时间是从鲁隐公四年到鲁桓公十二年，公子寿和急子枉死也是在卫宣公在位之时。姬寿有救助兄长的想法，并且替代兄长前往齐国，说明他至少不是幼儿了。所以卫宣公强娶宣姜的时间应该是卫宣公即位的初期，而当时的急子已经到了适婚年龄，说明急子至少在十多年前就已经出生，正是卫庄公在位时期。以卫庄公的为人，以及当时卫国朝廷内外的情况来说，石碏在朝，庄姜在内，不可能坐视这种事情发生。所以夷姜可能是一个被后世误解的悲剧人物。

之所以大费周章证明史书记载卫宣公与夷姜发生私情并生子之事不可信据，是为了还原夷姜的境遇，以及与卫宣公之间的关系。卫庄公有美丽的夫人庄姜，有两姐妹的陈国美女和州吁的母亲，这么多妻妾，因此卫庄公可能并不喜爱夷姜，也不怎么见她。由其名"夷姜"来看，她可能来自齐国，但不会是嫡出的齐国女子，这样的身份，是她不被卫庄公重视的主要原因。因此，夷姜与卫庄公儿子发生关系，是绝不可能之事。毕竟这是一件极其危险的事情，历史上也不乏因这样的事情被处死的宫妃和被抛弃的王子。

说夷姜为公子晋生下了儿子就更无可能了。对于夷姜本人，在当时被庄公冷落深宫，心灰意冷，顾影自怜，境遇不好。因为公子晋完全不在太子备选列，后来甚至被发去他乡。境遇相似，年龄相仿，彼此之间相互同情，可能是有的，甚至进一步彼此有好感也是可能的，读者往往站在道德的制高点审问，夷姜如何会爱上这样一个连羊皮都不愿意披的禽兽，指责其盲目的、冲动的爱情。

后来命运突变，卫宣公成为一国之君，夷姜想必也是极为高兴，或许她以为自己的境遇会有改变，自己的后半生将安乐无忧了。谁知命运对她如此残忍冷酷，卫宣公很快娶了年轻的宣姜并有了两个儿子。到这里，夷姜终于看清楚了真相。或许曾经的寂寞孤独，曾经的无依无靠，曾经的骨肉分离，她都可以忍耐，因为她心中对卫宣公抱有一丝奢望。但卫庄公时期后宫的混乱局面再次出现。卫宣公所有的关注和宠爱，给予了那年轻的宣姜和她的两个孩子，夷姜视为希望的卫宣公已经完全抛弃了她。于是内心崩溃的夷姜选择了自杀。

这样的夷姜，让人难以评价，说她是自食恶果吗？还是该同情她红颜薄命？抑或是要责备她没有担负母亲的责任？或许我们更应该从她的境遇出发，努力走进她的内心世界，设身处地对她给予同情的理解，她内心的脆弱，自我的缺失，被无情的命运捉弄和抛弃后，便再没有了生存的勇气。或许她在很早以前，就已经放弃了对人生的憧憬，随波逐流，任凭自己飘荡在绝望的深渊无法自拔了。《墙有茨》这首诗，《毛序》只说是"卫人刺其上也。公子顽通乎君母，国人疾之而不可道也。"也有人以为是卫国人讽刺夷姜的。从上面对夷姜境遇及史家对其误解看，应该更有可能是讽刺娶了宣姜的卫宣公。诗中说：

墙有茨，不可扫也。中冓之言，不可道也。所可道也，言之丑也。

墙有茨，不可襄也。中冓之言，不可详也。所可详也，言之长也。

墙有茨，不可束也。中冓之言，不可读也。所可读也，言之辱也。

诗中用"墙有茨"起兴，意思就是"墙上长有蒺藜，无法打扫干净。宫闱的事，不能说。如果要说，就很丑陋。墙上长有蒺藜，无法扫除干净。宫中的事，不能细讲。如若细讲，说来话长。墙上长有蒺藜，无法控制生长。宫中的事，不能说。若果言说，都会令人感到羞辱。"可见，王宫内院发生了一件人尽皆知却人人避而不谈的丑事，以至于人们即便是"道路以目"，也都心知肚明。人们只会摇头叹气，说着："丑事啊，丑事！简直让我们都不好意思说出口了！"《左传》《史记》《诗序》都把卫国由宫闱失范导致的内乱归咎于夷姜和宣姜，并将这些女性视作妖孽在世。她们被认为是为了争宠而不顾一切、违背身份伦理，不但被国人唾骂，还搭上了卿卿性命。《易林·小畜》中说："大椎破榖，长舌乱国。墙茨之言，三世不安。"也认为《墙有茨》这首诗中的丑事由卫国的夷姜、宣姜等女性引起。然而事实真是如此吗？除了春秋时期"礼崩乐坏"的大背景外，卫庄公、卫宣公是不是更应该负主要责任呢？

## 《鄘风·鹑之奔奔》：宣姜的故事

接下来，该讲讲宣姜了，这个从齐国来的美貌女子。刘向在《列女传》中说："卫国危殆，五世不宁，乱由姜起。"意思是说，卫国因为宣姜和儿子朔闹起的事端而濒临灭亡，之后五代都不得安宁，这些纷乱都是由宣姜引起的。可见，后世的史家认为宣姜是卫国祸乱的制造者，将宣姜牢牢钉在了祸国淫女的耻辱柱上！甚至就在春秋当时，宣姜就已经被其他诸侯国认定为红颜祸水了。《新台》讽刺卫宣公强娶子妻，可见宣姜本也是受害者，但宣姜为了自己的利益，挑起了宫廷的权力争夺，渐渐从受害者成了罪恶的制造者。

姐己、褒姒的美丽和娇艳我们无从知晓，但宣姜的美丽留在了讽刺她的诗歌里。《鄘风·君子偕老》中说："玼兮玼兮，其之翟也。鬒发如云，不屑髢也。玉之瑱也，象之揥也，扬且之晳也。胡然而天也？胡然而帝也？瑳兮瑳兮，其之展也。蒙彼绉絺，是绁袢也。子之清扬，扬且之颜也。展如之人兮，邦之媛也。"这些诗句意思是那宣姜来嫁之时，身着鲜明绚丽的华贵服饰，画着美丽的羽毛作为装饰，她秀发乌黑如同云霞，耳上还戴着珍贵的玉器饰品，象牙的发钗，额角饱满而又白净。就好像降自天庭的仙女，又恍如帝女来到人间。还有同样美丽的衣服，轻软素丽的外衣，绉纱所制薄衫和衬衣。她的美眸清明善睐，容貌更是艳丽。这样妖冶又妩媚的人儿，真是最美的女子。"

看罢这首诗，便知宣姜的美丽曾令卫国的人们惊其为天人，可见，宣姜天生有着倾人家国的魅力。但这首诗的主旨并非赞美宣姜的美丽，而是以她服饰容貌的盛美反衬她行为的失当，以及她内心的贪婪。就如诗中第一章便说："子之不淑，云如之何？""她的行为太污秽不淑，对她还能说什么！"这才是全诗的主旨，这个女人虽然如此美丽尊贵，但她的所作所为已经让人们失望透顶了。

并不是美丽的女人都会被唾骂为祸水，也不是每个行为不检的女人都会被人们如此讥刺，背上这"五世不宁"的罪名。究竟宣姜被卫宣公强娶后做了些什么？才会让卫国人这样痛恨？让后世如此不耻呢？单是之前说的谋害急子恐怕还不至于落入如此境地。在卫宣公只宠爱自己和自己的儿子，使得急子被杀，夷姜自杀后，宣姜难免要担心，若卫宣公死去，其他人上台为君，自己和孩子会不会成为复仇的对象？但仅这些，还看不到宣姜除了残忍与贪婪外失德的一面。《新台》一诗中，她也是纯粹的受害者，甚至是最大的受害者。

这首《鹑之奔奔》的背景就是宣姜在卫宣公死后发生的卫国宫闱秘事：

鹑之奔奔，鹊之彊彊。人之无良，我以为兄。

鹊之彊彊，鹑之奔奔。人之无良，我以为君。

《诗序》："《鹑之奔奔》，刺卫宣姜也。卫人以为宣姜鹑鹊之不若也。"说的是鹑和鹊成双成对，这样品行不良的人却是我的兄弟和小君。这里所说的品行不端的兄弟是卫惠公和急子的兄弟昭伯，所说小君指宣姜，孔颖达《毛诗正义》说"夫妻一体，妇人从夫之爵，故同名曰小君。"意思是说，妻子可以随丈夫的爵位称呼，因此，宣姜作为卫宣公的妻子也可称小君。那么，他们二人做出了什么令国人如此激愤和不齿的事呢？按理说宣姜和朔杀了急和寿，在卫宣公死后让朔当上国君（卫惠公），他们母子应该心满意足了，她们安分守己的享受这阴谋抢夺来的富贵荣华，又怎么会另生事端呢？

原来，卫惠公与母亲宣姜将太子急子和公子寿陷害致死，所以卫国的百姓和臣子都非常怨恨他。特别是曾经将急子和寿子抚养长大的左右公子两个人更是对卫惠公积怨难解。终于在鲁桓公十六年，也就是卫惠公在位的第四年，左右公子发动内乱，自立新王。卫惠公慌忙出逃齐国。卫惠公跑到了娘舅家，目的是等待齐国出兵帮助自己复位。当时的齐国君主齐襄王，不仅帮助了无良的卫惠公重登王位，还给妹妹宣姜重新找了一个归宿，那就是宣姜儿子卫惠公的庶出兄弟昭伯。据《左传》记载，卫惠公继位时太过年少，齐国人要让昭伯与宣姜结婚。昭伯不同意，宣姜就暗中让齐国施加压力强迫他同意，后来生下了齐子、戴公、文公、宋桓夫人、许穆夫人五个孩子。

这样耸人听闻的事情，在当时也就只有齐襄公这样的人才能想得出、干得出来。至于为什么这么说，大家看过下一章故事就会明白了。而在此故事发展中，想来最尴尬的是卫惠公吧。回朝之时，看着跟随着自己母亲和兄弟一起出来的五个孩子，究竟是一副什么样的表情呢？五个孩子又称呼卫惠公什么呢？是叫哥哥还是叫叔伯呢？

故事讲到这里，需要简单回顾一下宣姜的一生。天真懵懂的少女满怀着对美好婚姻的向往来到卫国，却被丑陋不堪的卫宣公霸占。当时的宣姜还会气愤地嫌弃卫宣公如同癞蛤蟆，转眼数年后，宣姜就为了私欲将急子陷害谋杀。宣公死后，与原本算是儿辈的昭伯生下了五个孩子。一个女人一生和父子三代有过婚姻之名，育有七个子女。这样的事情对崇尚自省内敛的周人礼乐教化观念是一种巨大的挑战和冲击。

宣姜与那位"看花满眼泪，不共楚王言"（王维《息夫人》）中的息夫人相比，差异是如此的明显，以至于让人怀疑她们不是一个时代的人。

息夫人为息国夫人，因为美貌，声名远扬，楚文王发兵灭息，将她据为己有。同样是被迫成为他人妻子，但息夫人入楚宫三年，不愿与自诩文治武功又温柔体贴的楚文王说话。在文王死后，令尹子元诱惑她，她也不曾动摇，还帮助楚成王除去了子元，除去了楚国的祸患。有这样被称为"楚宝"的息夫人，再看宣姜，我们就会明白，不论境遇如何，决定命运的还是自己的选择，宣姜看似无辜，事情的发展却显示出最后的结局都是她自己选择的结果。虽然后世有人同情宣姜，为之翻案。但实际上，我们应该看到宣姜屈服于自己的欲望，除了人性中的恶泛滥之外，宣姜有齐国这个强大的"后台"也是重要的原因。

夷姜自缢，说明她的善良本性还没有泯灭，宣姜的逐步堕落，则不能单纯归咎于男性、社会的迫害，也不能单纯解释为女人无奈地听天由命，随波逐流。即便命运不可抗拒，但为恶还是为善，一定程度上是可以自主的。

## 《卫风》旧事遗恨无限

《周易·序卦传》载："有天地，然后有万物；有万物，然后有男女；有男女，然后有夫妇；有夫妇，然后有父子；有父子，然后有君臣；有君臣，然后有上下；有上下，然后礼义有所错。"这说明周人把婚姻家庭视为一切社会秩序的基础。春秋时期，随着周天子实力的下降，诸侯力政，地方文化和风俗的影响力上升，《卫风》及同属卫地的《鄘风》《邶风》所反映的宫闱内的纠葛，正是卫国风俗的一个缩影。孔子周游列国，到卫国，卫灵公听信谗言，防范孔子。卫灵公夫人南子仰慕孔子，孔子屈尊接受邀请去见南子，想通过她疏通卫灵公，但卫灵公仍不重视孔子，弟子们很不理解孔子去会见名声不好的南子这件事，实际他们哪里知道孔子的苦衷！在卫国10个月后，孔子失望离开。后来子路也死在了卫国。孔子是想恢复已经式微的周礼，所以才选择大乱前夕的卫国，希望能够施展自己的抱负，只可惜时运不济。因此之故，孔子和子贡论《卫风·淇奥》特别称赞卫武公切磋琢磨、进德修业之美德。大概孔子原打算在卫国做事，因此有和子路的如下一段话：

子路曰："卫君待子而为政，子将奚先？"孔子曰："必也正名乎！"子路曰："有是哉，子之迂也！何其正也？"孔子曰："野哉由也！夫名不正则言不顺，言不顺则事不成，事不成则礼乐不兴，礼乐不兴则刑罚不中，刑罚不中则民无所错手足矣。夫君子为之必可名，言之必可行。君子于其言，无所苟而已矣。"（《论语·子路》）

《国风》之"风"，本义为"谣"，即为后世史书所载之代表社会舆论之"风谣"。孔子如早听到卫国这些"风谣"，不知道还会不会选择卫国？

# 《齐风》中的齐地婚恋故事

　　周代实行分封制，周天子为天下共主，分封诸侯而治。虽然礼乐教化风行天下，但各地的文化和风俗仍保持着自己的特点。齐国滨海，有渔盐之利，受其文化影响，齐人富庶而极富想象力，形成了极具特色的文化与习俗。其中表现最为明显的是那里独特的恋爱婚姻习俗。《诗经·陈风·衡门》中说："岂其取妻，必齐之姜？"意思是说，娶妻何必一定要齐国姜姓的女子？这诗是正话反说，说明了当时各诸侯国的君主和王子们都以娶得齐国姜姓女子为荣，就像前面叙及的庄姜、宣姜，以及下面将要说到的文姜、哀姜等，每一位都是国色天香，有着倾国倾城的魅力，惹得众位王孙公子为之辗转反侧，不断前仆后继，迷失在她们的美丽中不能自拔。下面我们将借助《诗经》中的诗篇，一起探寻齐国女子魅力无穷的原因所在。

## 《齐风·鸡鸣》：齐哀公的故事

　　齐国地处海滨，有鱼盐之利，国富民强。西周以来，齐都营丘（临淄北）更是人口众多、繁华富庶。战国时期有名的纵横家苏秦曾这样称赞临淄：

临淄甚富而实，其民无不吹竽、鼓瑟、击筑、弹琴、斗鸡、走犬、六博、蹴鞠者；临淄之途，车毂击，人肩摩，连衽成帷，举袂成幕，挥汗成雨；家敦而富，志高而扬。（《战国策·齐策》）

这段话的大意是说，在齐威王和齐宣王时期，齐国最为强大。齐国的都城临淄，人口众多、百姓富足、商业发达、经济繁荣，是战国时期的大都市。不仅在战国时期如此，就是上溯到春秋以前也是这样。有这么好的条件，自然养成了齐国人奢侈而富于浪漫的个性特点。我们且来看《齐风》中的《鸡鸣》：

鸡既鸣矣，朝既盈矣。匪鸡则鸣，苍蝇之声。

东方明矣，朝既昌矣。匪东方则明，月出之光。

虫飞薨薨，甘与子同梦。会且归矣，无庶予子憎。

这诗写法很特别，纯以男子和女子的对话成诗。诗的大意可意译如下：

（女）公鸡已经叫了，朝廷官员已经到啦。（男）刚才不是公鸡叫，只是讨厌的苍蝇在闹。

（女）东方已经亮了，朝堂已经站满人啦。（男）这阵天还没有亮，只是月亮发出光芒。

（男）外面虫飞嗡嗡声，正好与你温好梦。（女）朝会快要结束了，快快上朝勿招恨。

根据《诗序》："《鸡鸣》，思贤妃也。哀公荒淫急慢，故陈贤妃贞女夙夜警戒相成之道焉。"这首诗中的男子是齐哀公，女子是他的妻子。程俊英认为这是引申开去的讽喻之意，并非诗的本意。(《诗经注析》)国君必须鸡鸣起床上朝。齐哀公倒好，全然不听妻子的劝告，借故不起床，逃避上早朝。这哪里是一个勤于朝政的国君呀！史载齐哀公荒淫无度，经常纵情声色，不理朝政，大臣们规劝他，他也不听。后来因为怠慢了周夷王，加之纪侯在周夷王面前告他的黑状，于是，齐哀公被周夷王招到王庭，借故投到开水锅中，活活烹煮而死。齐哀公的惨剧，全是因他怠慢忘身又不听劝诫造成。这首《鸡鸣》，只不过反映了齐哀公生活的一个侧面，但足以看出他的结局了。

鸡鸣 女子叫男子起床去

钱钟书《管锥编》中评价《鸡鸣》一诗说："窃意男女对答之词，更饶情趣……莎士比亚剧中写情人欢会，女曰：'天尚未明，此夜莺啼，非云雀鸣也。'男曰：'云雀报曙，东方云开透日矣。'女曰：'此非晨光，乃流星耳！'可以比勘。"只是钱先生所举莎翁戏剧中是男子催促女子起床，而女子留恋床笫不肯早起。女子贪恋床笫还可理解，因为在中国古代社会里，女性一般不承担治理朝政这样的重大责任。而齐哀公则不然，江山社稷，百姓命运都系于其身，怎么能做小儿女之态呢？

齐哀公被"鼎烹"的悲剧还在于他贪恋声色，喜欢田猎怠慢恣纵，不知节制，致使朝政混乱。流风所及，使后来的齐襄公也是如此。这种风气给齐国带来了很大的负面影响。

## 《齐风·东方之日》：齐地美女也疯狂

前面说过，齐国地处东方，有渔盐之利，是个富庶之国。西周初年，周天子分封诸侯时，把姜太公分封到了这里。姜太公采取因其俗而顺其治的治理策略，也就是说，尊重当地的风俗习惯，逐步推行周人的礼乐制度。因此，周代的齐国和其他诸侯国在文化、风俗方面有所不同。春秋时期，吴国的贤者季札到中原访问，到鲁国观看乐工表演《诗经》，听到《齐风》中的诗歌时评价说："美哉，泱泱乎！大风也哉！表东海者，其太公乎？国未可量也。"这是说齐国的诗歌带有一股海洋的盛大气势。司马迁在《史记》的《货殖列传》中说齐国的风俗"宽缓阔达而足智，好议论，地重，难动摇，怯于众斗，勇于持刺，故多劫人者，大国之风也。”太史公司马迁曾亲自到齐地考察，熟知齐地的习俗。江山易改，禀性难移。总体来说，齐地靠海，物产丰饶，谋生较容易。所以人无衣食之忧，多好享受，不喜劳苦。西周初年，太公姜尚被分封于齐，所带来的风俗和当地的文化相融合，形成了特殊的区域文化。受其影响，齐人性格老成持重，但又思维灵活，行事多变，喜好高谈阔论，评议人事。男女之间的交往也显得比其他地区要开放自由一些。从《齐风》中的《东方之日》就可以看出这一点来。诗中唱道：

东方之日兮，彼姝者子，在我室兮。在我室兮，履我即兮。

东方之月兮，彼姝者子，在我闼兮。在我闼兮，履我发兮。

这首诗的主题，《诗序》说是“刺衰也。君臣失道，男女淫奔，不能以礼化也。”意思是说，诗是讽刺齐国政治衰败，因而导致男女之间的淫乱风气，而国君又不能用周礼来约束。其实从诗中倒是看不出什么政治衰败来。诗篇以日、月起兴，形容一位光彩照人的女子，在“室闼之间和她的意中人相见时的情景。“履我即”“履我发”，极写其放恣相戏之态，指诗中的这个漂亮非凡的女子，她自由放任，对她喜欢的男子，并不掩饰，而是大胆热烈地去爱。这就是齐国之俗不同于周、鲁、晋等的地方。

在晋国发生内乱后，晋公子重耳流亡在外十九年，当他到齐国的时候，齐桓公赐婚，把齐女嫁给他做妻子，重耳非常高兴，有美妻相伴，渐渐忘记了自己是个流亡之人，也忘掉了复国的大志。他迷恋齐女，不肯听从手下人的劝谏离开齐国。后来，还是这位齐女深明大义，深知重耳是干大事的英雄，终究不是她能留得住的。齐女和重耳手下密谋，将重耳灌醉，载到车上，使重耳偷偷离开了齐国。由此可见，齐国女子的见识和独立自主的特点。

## 《齐风·南山》："雄狐"事件

说过了宣姜"新台"被夺后，卫国王室发生的一系列情感与权利的纠葛争斗，我们再来看看宣姜的亲兄弟齐襄公与其同父异母的妹妹文姜私通所引发的种种充满戏剧性的后果。如果说宣姜身上发生的事归咎于卫宣公的违礼之行，那么文姜和其兄齐襄公间的违礼行为，则根源于齐国对周礼的僭越及不良风俗。

这一次，我们不再随着历史的轨迹讲述故事，而是先通过《南山》这首诗来看看，齐国老百姓眼中的齐襄公和文姜的不伦恋情。《南山》是《齐风》中的一首诗，是齐国人所作，《诗序》解说者均为讽刺齐襄公的。诗中说：

南山崔崔，雄狐绥绥。鲁道有荡，齐子由归。既曰归止，曷又怀止？

葛屦五两，冠緌双止。鲁道有荡，齐子庸止。既曰庸止，曷又从止？

蓺麻如之何？衡从其亩。取妻如之何？必告父母。既曰告止，曷又鞠止？

析薪如之何？匪斧不克。取妻如之何？匪媒不得。既曰得止，曷又极止？

为了更好地理解这首诗并走进诗中所述的那段历史，让我们把诗译成现代汉语，和读者一起看看在齐国诗人的眼中，究竟看到了什么样的情景：

南山如此巍峨挺拔，一只求偶的雄狐，徘徊搜寻。鲁国的道路宽阔平坦，文姜经此出嫁他人。既然已经嫁人了，又为什么对她念念不忘？

葛鞋配对并排放，耳边帽带也一双。鲁国的道路平坦宽广，文姜经它嫁他国。既然已经嫁他国，又为什么和她纠缠不休？

想种麻该怎么办，先挖土沟修田垄。想要娶妻该怎么办，先要告知双亲父母。既然已经禀告父母，又为什么要随她放纵？

想要砍柴怎么办，没有斧子行不通。想娶妻室怎么办，没有媒人娶不成。既然已是明媒正娶，为何纵容没限度？

诗里的"南山"，指齐国境内的牛山。"雄狐绥绥"，是说雄性的狐狸慢慢行走，寻找配偶。这是诗人以狐喻人，这人就是齐襄公。"齐子"指文姜。她已经嫁给鲁桓公了，却不检点自己，违背礼制回到齐国，与自己的哥哥齐襄公频繁约会。

据《诗序》中说："《南山》刺襄公也。鸟兽之行，淫乎其妹，大夫遇是恶，作诗而去之。"意思是说，这首《南山》是齐国大夫讽刺齐襄公的，谴责他的行为如同禽兽，竟然同自己的妹妹纠缠不清。《郑笺》的说法稍有不同："齐大夫见襄公恶行如是，作诗以刺之，又非鲁桓公不能禁制夫人而去之。"意思是说，齐国大夫对这样的恶行写下这首诗来讽刺，其中不但讽刺了齐襄公，还讽刺了文姜的丈夫鲁桓公不能管制自己的夫人，使其做出这样的丑事。我们不用纠结谁的说法更准确，因为这件事情中的三个当事人都是难辞其咎的。

那么这个故事究竟是怎么发生的？这样的宫闱秘事为什么会尽人皆知？难道除了齐襄公与文姜的私情外泄，还发生了什么更加令人震惊的事吗？

《诗经》中的诗，往往是一个线索，一个影子，一个故事悬疑的开始。要想知道个究竟，我们就必须从史书中寻找诗句背后的故事，借助诗句去复原被诗人所略去的故事的经过和脉络。在诗篇和史书记载的互相印证和互相牵引中，慢慢找寻故事的内因和表象，慢慢推想故事中人物之间的情感与心理，梳理其中各色人物的命运。循着这种思路去探寻，《南山》中"雄狐"事件就被记载于《左传·桓公十八年》。

据《左传·桓公十八年》记载，在鲁桓公在位第十八年的春天，要前往齐国办理事务，因为齐是文姜的娘家，所以鲁桓公打算带文姜一起去。一位名叫申繻的大臣劝阻说："女人有自己的丈夫，男人有自己的妻子，相互之间不可有染，这就叫有礼。如果违背这个规矩就一定会生出坏事。"大概申繻对文姜与其兄之事早有耳闻，故委婉劝阻，但鲁桓公没有听从劝谏，执意带文姜去了齐国。双方在齐国泺地会面，乘此机会，文姜与齐襄公私会。鲁桓公为此责备文姜，文姜告诉了齐襄公。四月，齐襄公宴请鲁桓公，宴后让齐国大力士公子彭生为桓公驾车，结果鲁桓公死在了车上。消息传到了鲁国，举国震惊，但齐强鲁弱，鲁国敢怒不敢言，只能通过其他手段解决此事。

鲁国人派使者告诉齐国说："我们国君敬畏齐君的威严，不敢安居国中，所以来到贵国修好。仪式完成了，他却没能回国，又没有人承担罪责，在国中和诸侯中造成了恶劣影响。请杀死彭生来消除影响。"齐国人只好杀死彭生来平息此事。鲁人才将鲁桓公灵柩迎回鲁国，到十二月才安葬了鲁桓公。

这段历史记载虽然看似平淡，但有着强烈的冲击力，内涵也极其丰富，简单的叙述中更是隐藏着无数令我们疑惑又好奇的秘密细节。其中有一些，或许除了种种传说外，再也没有人知道那时到底发生了什么。但隐藏其中的两个疑问我们或许可以想出些缘由。第一，为什么鲁国大臣申繻要劝鲁桓公不能带文姜回齐国？按理说，文姜本是齐国公主，她曾备受父亲喜爱。当年文姜出嫁时，她的父亲齐僖公曾违背礼制将她一直送到了齐鲁交界处，次年还派了她的叔叔来探望她。对于一个嫁到邻国的女儿这样在意，可见文姜在家中多么受宠，那么，她在出嫁十五年后想要回家一次也应该可以理解。说到男女大防，历来长兄为父，也不乏女子会在父母亡故后，将哥哥家当作娘家走动。后世如此，在春秋时期应该还不至于严格到不许出嫁的女孩子见哥哥吧，而且如果礼制中有这样明确的规范，大臣就应该直接引用，而不是含混地说一些无关痛痒的话。

可见，大臣申繻的进谏劝阻，是暗示鲁桓公，文姜和齐襄公的关系不单纯。但是文姜从桓公三年嫁来鲁国，直到桓公十八年，从来不曾回过齐国，和鲁桓公的关系也很和睦。这位大臣是如何得知文姜和齐襄公关系复杂呢？由此，我们可以推想，在文姜出嫁之前，她和齐襄公就已经有了超越兄妹的关系。文姜生得国色天香，既得齐人的艳羡，又是各君王关注的焦点。齐国的女子是当时其他诸侯国贵族男性追逐的对象。正如宣姜的美貌导致了卫宣公抢夺儿媳，文姜的美丽也使得其绯闻在文姜未出嫁之前就在诸侯国之间传开了。人们都知道，绯闻的另一位主角就是文姜的哥哥。春秋时期对女性婚前与异姓的交往持宽容态度，齐鲁也不例外，所以人们虽清楚文姜的事，但不以为意。很不幸的，鲁桓公却因此丧命，鲁国因此蒙羞。

种种迹象说明，鲁桓公并非不知道文姜婚前另有所爱，但他确定文姜在婚后一定会忠于自己。鲁桓公不但从不怀疑文姜，甚至还在十几年的执政过程中，希望依靠齐国，对齐襄公毫无戒心。不听大臣的劝阻，纵容文姜回齐国，自动献上了文姜，也牺牲了自己的生命。

## 《敝笱》《载驱》：笱敝鱼脱

贪图美色而又懦弱可悲的鲁桓公死于非命，鲁国迫于齐国的压力敢怒不敢言，甚至不敢公开谴责文姜和齐襄公。这世间的事常常不按人们希望的发展，鲁桓公虽然也有攀附齐国的用心，但毕竟没做过什么违背伦理、十恶不赦的事情，却没有善终。命运弄人，真使人唏嘘不已！

鲁桓公死后，灵柩被运回鲁国安葬，然而时隔不到一年，文姜就逃回齐国。《左传·庄公元年》记载："三月，夫人孙于齐。"鲁国臣民都知道了鲁桓公死去的真相，虽然不敢公开责备文姜，但暗地里一定对其行为愤恨不平。文姜出逃齐国，鲁庄公也与文姜断绝了母子关系。但后来齐襄公为掩人耳目，通过政治威慑，平息事态，文姜又回到了鲁国，鲁国也重新承认了她的夫人地位。然而，文姜与齐襄公的见面没有停止，反而更加肆无忌惮，《春秋》中关于文姜与齐襄公相会的记载有数条，《春秋·庄公二年》：这年十二月，文姜和齐襄公在禚这个地方约会；《春秋·庄公四年》：这年春天，文姜在祝丘设宴招待了齐襄公；《春秋·庄公五年》：这年夏天，文姜去了齐国见齐襄公；《春秋·庄公七年》：这一年，文姜在春天与齐襄公在防地约会，到了冬天又和齐襄公在榖地相会。直到庄公八年时，齐襄公被大臣所杀，文姜与齐襄公的不伦恋情才停止。这样肆无忌惮的违礼行为，并不是因为他们是君主王后，无人敢议论，《春秋》记录文姜之事，就是一种口诛笔伐。何休《公羊传解话》译论说："夫人姜氏会齐侯于禚。书，奸也。"在《诗经》中记录讽刺他们行为的诗也有数首。《春秋》所载和《诗经》所歌可以相互参照。

如《齐风·敝笱》就是很典型的一首，诗中说：

敝笱在梁，其鱼鲂鳏。齐子归止，其从如云。
敝笱在梁，其鱼鲂鱮。齐子归止，其从如雨。
敝笱在梁，其鱼唯唯。齐子归止，其从如水。

诗的大意是：一个破鱼篓放在鱼梁上，任凭大大小小的鱼穿行其间。齐女文姜要回娘家，鲁桓公却不加节制，任她来去，随从的人多如云雨。诗中的"敝笱"意指破了的捕鱼工具,笱本该阻拦鱼随意游动,但现在因它破烂不堪,空摆放在鱼梁之上,任由那些鱼随性穿行游过,这样沦为摆设的鱼篓究竟是人伦礼制?还是鲁国君主?这些都是委婉的说法。《诗经恒解》曰:"斥鲁桓为敝笱,恶之深矣。言齐子从如云水而肆无忌惮,漫无约束,两边俱彻。"由此看,这诗是对齐、鲁双方当事者都有批评的。

"鱼儿戏水"在《诗经》中多暗示两性关系。《敝笱》一诗中那些游动的鱼儿,就是暗指文姜与其兄长的不伦恋情。而文姜随从众多,那盛大的省亲仪仗与文姜回齐国的目的,所作所为的非礼又形成了多么强烈的对比。诗人这样的手法让文姜的形象顿时从高贵的云端跌至污秽的泥潭。

《齐风》中的《载驱》也同样用反衬的手法讥讽文姜与齐襄,以及鲁桓公和鲁庄公君臣的懦弱无能,不能守礼。诗中说:

载驱薄薄,簟茀朱鞹。鲁道有荡,齐子发夕。

四骊济济,垂辔沵沵。鲁道有荡,齐子岂弟。

汶水汤汤,行人彭彭。鲁道有荡,齐子翱翔。

汶水滔滔,行人儦儦。鲁道有荡,齐子游遨。

这也是一首出色的讽刺诗。《毛序》以为是讽刺齐襄公和文姜之诗。《易林》:"襄送季女,至于荡道,齐子旦夕,留连久处。"由此可见,三家诗以为是齐襄公嫁女之诗。比较而言,当以毛诗之说较为合理。诗之大意是说,文姜乘着豪华艳丽的马车,急不可待地踏上去往齐国的道路，连拉车的四匹骏马都如此高大健壮。一路上行人熙熙攘攘，而文姜依然不顾众人侧目，如此高调兴奋地奔向齐国。

诗中的主人公仍是"齐子"，地点仍是"鲁道"，与《南山》《敝笱》相同。比较而言，这首诗比上面两首更具讽刺意味，文姜为了去见齐襄公，张扬急切地从众人面前疾驰而过，诗中的"齐子""鲁道""汶水""翱翔""游遨"等意象，极具画面感，都是寓讽于事。

华美的车舆，高贵美丽的文姜，在人们的眼里和心中却有着如此大的反差。

为什么面对齐鲁两国臣民及各诸侯国的舆论谴责，文姜和齐襄公却完全不为所动呢？

直到鲁庄公八年，齐襄公被杀，这段丑闻才算结束。《左传·庄公八年》记载，齐襄公派连称、管至父戍守葵丘。是瓜熟时节去的，齐襄公答应他们次年瓜熟时派人接替，然而到时间没有派人去接替，两个人向齐襄公请求接替，却被拒绝，二人因此策划叛乱。齐僖公很宠爱侄子公孙无知，对待他如同嫡子，但齐襄公上台后降低了他的待遇。连称、管至父就联合公孙无知发动了叛乱。连称有一堂妹是襄公的小妾，不受宠爱。公孙无知让她做内应监视襄公举动，答应事成立她为夫人。冬十二月，齐襄公去姑棼游玩，到贝丘打猎，见到一头大猪，襄公射杀野猪，野猪站立起来嚎叫，襄公被吓坏了，掉下车摔坏了脚，还丢了鞋。后来叛贼杀他，虽然有忠义近臣拼死保护，但还是被叛乱者所杀。公孙无知代替他成为齐国君主。其实当初在襄公即位的时候，他行事不守礼法，政令也没有什么准则，鲍叔牙预言国君让百姓行为放纵，祸乱就会发生。其实，性格决定命运，齐襄王的行为不受检束，恣意任性，导致其政令无常，他的结局，似乎在其即位之初，就已经注定了。

再后来，齐国发生大乱，公孙无知也被大臣杀死，于是有了公子小白和公子纠之间抢夺齐国王位的故事，也就有了后来的齐桓公。

虽然齐襄公最后是自食恶果了，但是文姜一生再没有什么祸事发生，她可以说安享了晚年，直到鲁庄公二十一年才在鲁国死去，死时一切礼仪照常。鲁桓公被齐襄王谋害，惨死他乡。齐襄王为了文姜冒天下之大不韪，最终也难逃被杀的命运。只有文姜命运奇好，得到了鲁国人的宽宥，虽然祸害他人，自己却一直备受宠爱和尊荣。当然，这与她的儿子鲁庄公有很大的关系。

原本史书也记载了鲁桓公死后，文姜逃去齐国，鲁庄公与文姜断绝了母子关系，但是第二年似乎就已恢复关系并且接回了文姜。据史家推测，鲁庄公可能是齐襄公和文姜所生。从鲁庄公似乎完全默认母亲文姜与齐襄公的关系看，应该可信。在庄公三年就派一位公子和齐国一同进攻卫国，到庄公四年竟然发展到鲁庄公和齐襄公一起在禚地打猎了。这时候距齐襄公杀死鲁庄公的"父亲"才仅仅四年时间。

若非史家考证齐襄公为鲁庄公生父，我们着实无法理解鲁庄公的大度，以及后来齐国杀死哀姜送还鲁国时，鲁国人觉得齐国这样做有些过分。鲁国人不仅愿意原谅通奸勾结庆父、妄图杀君夺权的哀姜；也愿意原谅这个与亲兄弟乱伦、导致国君被杀的文姜吧。

兄妹婚姻是一种古老的婚姻习俗，原本只存在于远古婚姻制度趋于合理化前。在绝大部分民族神话传说中，都存在兄妹结成婚姻延续族群的内容。

在古埃及，相传第一个法老荷鲁斯，就是两个兄妹神相结合所生之子。这两兄妹是女神伊西斯和她的哥哥奥西里斯，他们的父母同样是两个被大神拉创造的兄妹神。

古希腊神话中也有兄妹结婚的神话，甚至还有母子结合的神话，比如大地之母盖亚就和儿子结合生下泰坦，泰坦巨神们之间又互相与兄妹结合，生下了宙斯、赫拉等。众神之父宙斯与赫拉也同样是兄妹结为夫妇。

令人惊异的是，在中国的古老传说中也有伏羲和女娲兄妹成婚的传说。

然而这些内容都是古老文明传说中最初的部分。也就是说，人类的祖先们有着类似的观念，那就是人类在最初繁衍的时候，还没有同姓不婚的禁忌，由于人太少，只能通过这样的办法来保证种族不会灭绝。但是随着人数的增多，以及部族间交往的增加，这种血亲婚姻制度被取代。在神话中也明确说，只有最初的极少数神之间是兄妹通婚的，当神的数量增加后，就再没有兄妹结合的情况了。

有人据此说文姜和齐襄公是真心相爱的，所以他们二人不应该被万世唾骂，不应该被歧视。或许文姜和齐襄公之间是有爱情的，但是爱情就能大过一切吗？因为爱情就可以漠视道德吗？因为爱情就可以抛弃所有的人伦道德和责任承担吗？在重视家庭伦常的周人看来，他们的行为是有悖伦理的。

爱情是美好的，但不是道德沦丧的借口，更不是挑战人伦的理由。爱情不是激情，更不是赤裸裸的欲望，在任何一个社会中，爱，是一个人的权利，但当爱与伦理相冲突时，纵容所谓爱情则是非常自私的行为。

有些现代人看伦理二字，会是一副面对传统糟粕的鄙夷神情。的确，人性的解放没有错，追求爱情也没有错，但是像齐襄公和文姜那样毫无底线地解放和追求就错了。清人陈继揆《读风臆补》评曰："暧昧事极难明斥，只写车服都丽，道路炫曜之态，而淫邪读伦之失自见，得力处尤在一二微词，敲神欲动也。"所评极是。


## 《召南·何彼襛矣》：一代霸主齐桓公的婚姻故事

公元前 686 年，公孙无知杀死齐襄公。第二年春天，雍林人又杀死公孙无知。齐国大乱，群公子争位。最终，齐国的大家族高氏和国氏杀死了争位的公子纠，拥立齐襄公的儿子公子小白，这就是齐桓公。齐桓公任用鲍叔牙推荐的管仲治理齐国，自己也一改齐襄公的诸多恶习，一时间，齐国大治。然而《诗经》的《齐风》中，并没有歌颂齐桓公的诗。倒是在《召南》中，有一首诗《何彼襛矣》，描述了周天子之女下嫁齐桓公的事。齐桓公与周天子结亲，其目的是缓和与周天子的矛盾，为齐国的发展赢得更广阔的空间。作为周天子，也须扶持一些衷心拥护自己的诸侯。因此，这是一桩双方都十分认可和满意的政治联姻。齐国上下，周室内外，都表现出了对王姬下嫁齐桓公的极大关注，并对新娘给予了热烈的祝福、热情的赞美。

《何彼襛矣》中说：

何彼襛矣，唐棣之华。曷不肃雍，王姬之车。

何彼襛矣，华如桃李。平王之孙，齐侯之子。

其钓维何，维丝伊缗。齐侯之子，平王之孙。

这首诗出自《诗经·召南》，历代学者认为，其是赞美下嫁齐桓公的周王姬，也就是周王室公主的诗作。诗的大意是：

怎么那么美丽惊艳啊，就好像那唐棣繁花盛开。婚礼的场面为何如此热闹而不失庄重？因为那是王姬出嫁的车仪。

怎么那么美丽惊艳啊，就如同那怒放的桃李之花。这出嫁的女子是周平王的孙女，去嫁给齐侯的公子。

钓鱼的鱼竿用什么做最合适？只有那丝线撮成的细绳最好。什么样的婚姻最合适？就是这齐侯的儿子将王姬迎娶。

明人凌濛初《言诗翼》评曰："反复申诵，宛然塞路聚观，企踵盱睽，相顾叹赏之语。"诗的第一章以唐棣之花的浓艳，比喻王姬出嫁时的盛大场面，突出车马仪仗的庄严。第二章以桃李之花的艳丽衬托新娘的高贵。第三章以丝纶之合比喻男女之间的美满婚姻，这个比喻也成了后世诗人描写美满爱情的常用语。

全诗采用一问一答式结构，似乎是旁观的群众互相问答而得，这就显得更加生动而真实。读这首诗，人们就好似看到了华丽的车驾浩荡而过，打听才得知这是周王姬下嫁齐桓公的队伍。于是，人们纷纷赞美这车驾的美丽，这婚姻的美好，并且人们都觉得只有这样合乎礼仪的结合，才会产生美满和谐的婚姻。

奇怪的是，既然诗中描述的是齐桓公娶王姬的事，为什么这首诗不收在《齐风》中，却收在《召南》里呢？《周南》《召南》中的诗，大多是赞扬周公和召公功业的，说的是周天子的家事。《何彼襛矣》一诗虽是齐人赞美王姬出嫁之作，但因其与王室有关，所以被收在了《召南》之中。平王东迁初期，尚有晋国、郑国、齐国等的支持拥戴。然而到了周庄王时期，诸侯大多与王室貌合神离，为了维持局面，采取联姻的方式树立强大的外援，来控制其他诸侯国，对周庄王来说，也许是可行的政治策略。而崛起于东方的强大的齐国，正是符合周室战略需要的对象。因此，写齐桓公婚姻的诗，被收入《召南》，也就不意外了。

乱生于治，治生于乱。历史总是这样循环往复，周而不殆。齐哀公怠慢亡身，齐襄公荒淫亡国，而在齐国这段不堪回首的历史之中，却酝酿着之后长达数十年的强盛。完成这一转变的关键人物，就是齐桓公，他的成功，则在于他的德行和坚韧。

# 《诗经》中相爱与守候的故事

战争年代里爱情的甜蜜幸福遭遇战争的残酷无情，个人幸福与民族利益之间的抉择，对任何一对普通的恋人来讲，都是一次巨大考验。好男儿志在四方，当以保家卫国为己任，在国家危急时刻，应当毅然走上战场，不应留恋儿女情长。而能与这样的英雄相匹配的好妻子，更应当欣然支持丈夫"舍小家为大家"的英勇决定，并挑起家庭的重担，为战场上的丈夫消除后顾之忧，自己则开始忠诚的守候。在《诗经》中，也有不少描写征战和徭役的诗篇，这些诗篇大多以士卒的战争经历为主线，以战争、徭役为背景，抒写夫妻离散和思妇守候之苦。在书写方式上，这类诗多以闺中女子口吻，表达对战场上丈夫的绵绵思念，从侧面暴露战争的破坏性，表现战争对家庭造成的不幸。因为女性的参与，这类作品多以情感真切细腻见长，情调则多有悲伤哀怨。

## 《卫风·伯兮》：忠贞的守候

周代贵族有服兵役的义务，故王有战事征召之命，须义无反顾参加征伐之役。《卫风·伯兮》就是在这样的背景下产生的一篇典型的思妇闺怨之辞。诗中女子内心自豪与忧愁交织撕扯，感人肺腑，苦苦的守候与等待令人动容，以至于得到后世评论家的如此评价："语直而味深，唐人闺怨诸名作，逊此一格"（清·陈震《读诗识小录》）。《卫风·伯兮》唱道：

伯兮朅兮，邦之桀兮。伯也执殳，为王前驱。

自伯之东，首如飞蓬。岂无膏沐，谁适为容？

其雨其雨？杲杲出日。愿言思伯，甘心首疾！

焉得谖草？言树之背。愿言思伯，使我心痗！


《诗序》："《伯兮》，刺时也。言君子行役，为王前驱，过时而不反焉。"郑玄《笺》："卫宣公之时，蔡人、卫人、陈人从王伐郑伯也。为王前驱久，故家人思之。"这里所说的"执殳"的男子"为王前驱"，就是去参加讨郑之役。

《诗经》中有许多美丽动人的女子，她们或活泼开朗，或文静娴雅，她们隐藏在古典诗句的字里行间，巧笑倩兮，顾盼生辉。《卫风·伯兮》中这位女子却与众不同，她无心梳洗装扮，而甘心"首如飞蓬"。

王先谦在《诗三家义集疏》中认为："伯以卫国大夫，入为王朝之中士，妻从夫在王朝，故因行役之久而思之。"《伯兮》中的这位女子是幸运的，她嫁给了一位如意郎君。在她的眼中，丈夫形象高大，令人钦佩。她的丈夫是国君的近旁侍卫，在打仗出征的时候，他守卫在周王的战车两旁，直接负责天子的安全，可谓是国家的股肱之臣，栋梁之材。"执殳"一词，显示其丈夫为地位较高之武官，《诗经注析》言："诗中说伯执殳前驱，是担任当时'旅贲'的官职，属于'中士'级别，地位相当高，不是一般士卒，他的妻子当然也是上层人物。"诗中女主人公这种骄傲自豪的情感表达方式，在后世的文学作品中也多有运用。汉乐府《陌上桑》中的罗敷就非常高调地表达了她对丈夫的欣赏和仰慕，"何用识夫婿，白马从骊驹""盈盈公府步，冉冉府中趋"。这位魅力四射，令"耕者忘其犁，锄者忘其锄"的绝色女子智慧地拒绝了心怀不轨的使君，令人既敬之，又爱之！《陌上桑》的作者在抒情方式上显然从《伯兮》中得到了灵感，两位深爱丈夫的女子，堪称异代知音了。此外，唐代诗人张籍在《节妇吟》一诗中也说"妾家高楼连苑起，良人执戟明光里"，表达了"恨不相逢未嫁时"的遗憾，以及"事夫誓拟同生死"的忠贞，这位执戟的良人与那位执殳的伯在各自的妻子眼中都是顶天立地的大英雄，值得自己用一生去守候。

生活不是童话，更多的时候，有情人将要面对的是远比自豪感更为现实的生活境遇。夫唱如随，相伴身旁，幸福的内涵不过如此。这里没有"怕郎猜道，奴面不如花面好。云鬓斜簪，徒要教郎比并看"的笑语相闻和美好欢乐。《伯兮》中的女主人公梦寐以求的幸福就是能够相守，可这样安宁幸福的岁月也难常有，当烽烟四起，国家有难，需要她的良人执殳去远方。虽然心中有千万分的不舍与依恋，但也只能默默守候。在这里我们不禁要猜测，如果能够鸿雁传书，她会对远方的爱人说些什么呢？

自从丈夫离家远征，闺中之人再也无心去碰那些精美的金簪玉饰，妆奁不开，铜镜懒佛，都落寞地在角落里蒙尘。你看，我的头发乱成了这样，像风里凌乱的蓬草。哪里是因为没有沐发的膏脂啊，只是，没有你的日子里，我要为谁理云鬓？为谁贴花黄？没有你爱恋的注视，我的容颜将永远暗淡，直到征夫归来。

　　只有发自内心的相思之情才能如此打动人心，它将"女为悦己者容"升华到了一种悲情的极致。爱美之心，人皆有之。自古以来，美人大多天生丽质，但也要披金戴玉以修饰。只有当心爱的人不在身边，她们才选择不修边幅，不理容颜，一心守候到归来之时。在离别频发的岁月，女主人公忘记了自己的美丽容颜，更有一层忠贞不渝的深意在其中。殷王武丁的妇好带兵打仗，屡建奇功，北朝的花木兰替父从军，这样的女中豪杰毕竟是凤毛麟角，绝大多数女子是不能够上战场为国杀敌的，而她们用另外一种方式间接地表达着对国家的忠诚。作为军人的妻子，她们有着与丈夫同样的责任感与使命感，她们能做的就是让远在战场之上的爱人放下顾虑，专心杀敌。因此，"首如飞蓬"不只是相思之痛的结果，也是相守之约和忠贞之志的体现。

　　国家利益高于一切的崇高精神，在诗中形象地体现在这位闺中女子的容貌变化上，家国一体的观念也在这个不起眼的细节中得到了形象的阐释。《诗经》就是以这样不经意的方式润物无声地影响着我们。基于这样的认识，今天我们读到《伯兮》这首诗时才会有这样的共鸣：闺中女子对征夫的强烈感情经过责任感的梳理而变得柔婉，有很深的痛苦与哀愁，但没有激烈的怨愤，正所谓"怨而不怒"。这样别有深意的"女为悦己者容"，在后世的文学作品中也备受文人推崇。古典诗词中那一个个无心梳洗的思妇们，无一不打动人心：徐干

《卫风·伯兮》女子散发手捧兰草

的"自君之出矣，明镜暗不治"；鲍照的"膏沐芳余久不御，蓬首乱鬓不设簪"；贺兰进明的"君不见陌上花，狂风吹去落谁家；"谁家思妇见之叹，蓬首不梳心历乱"；高适的"荡子从军事征战，蛾眉婵娟守空闺"。年复一年，日复一日，憔悴了红颜，空白了黑发，世人皆叹"嫁女与征夫，不如弃路旁"，这些女子却一如《伯兮》中的女主人公一样安心守候，忠贞不渝。

无论个体守候的动机如何崇高，但离别的无奈及遥遥无期的等待总是痛苦的、煎熬的。心想事成只是人们彼此之间的一个美好祝愿，更多时候，生活带给我们的是"其雨其雨，杲杲出日"的无奈。那种热切期盼下雨的心情，恰如思妇企盼征人归来的心愿，但天公不解人意，仍旧烈日当空。心爱的人归期未有期，那种焦灼的心情也恰如被烈日炙烤一般。相爱的人分隔两地原本就令人痛苦，更何况征人身处战场，虽然诗中的男主人公位居"中士"，可以免受下层士卒的饥寒之苦，但战争形势瞬息万变，随时都可能有生命危险。闺中女子心如磐石，即使守候一生，白发相逢，也不枉空等一世，怕只怕"可怜无定河边骨，犹是春闺梦里人"。(陈陶《陇西行》)一想到这个令人胆战心惊的结果，不由令人痛心疾首！

王昌龄《闺怨》一诗说："闺中少妇不知愁，春日凝妆上翠楼。忽见陌头杨柳色，悔教夫婿觅封侯"。因为功名只向马上取，心上人才会远征他乡，春去春又来，门前柳条绿，她悔恨，悔恨当初没有劝阻他。追求世俗的荣华富贵远远比不上朝夕相伴的朴素爱情，即使一生籍籍无名，只要我们一生能够相依相伴，又有什么遗憾呢？可惜世上没有后悔药。自此之后，不论历朝历代，只要有战场上厮杀的勇士，就一定有闺楼中相思的女子。有人轻声感叹："斜凭绣床愁不动，红绡带缓绿鬟低。辽阳春尽无消息，夜合花前日又西"；有人不禁抱怨："打起黄莺儿，莫教枝上啼。啼时惊妾梦，不得到辽西"。她们姓氏不同，容貌各异，但她们有着一个共同的形象——望向远方翘首企盼；她们有一个共同的愿望——"与其在悬崖上展览千年，不如在爱人肩头痛哭一晚"。"长安一片月，万户捣衣声。秋风吹不尽，总是玉关情。何日平胡虏，良人罢远征"，思妇们日夜守望，渴盼战争结束的消息，那一颗等待的心日渐消损了她们的红颜，但她们总是等待奇迹的出现，希望他从战场归来的那一刻，见到的依旧是她美丽不变的容颜。这一切的忧虑都使闺中思妇痛心不已。

全诗共四章，首章叙事，后三章抒写相思之苦。方玉润《诗经原始》云："始则'首如飞蓬'，发已乱矣，然犹未至于病也。继则'甘心首疾'，头已痛矣，而心尚无恙也。至于使我心痗，则心更病矣。其忧思之苦何如哉！"给我一颗忘忧草吧，让我把神奇的萱草种在北堂阶下，在萱草神奇的作用下，希望能暂时忘记征途中的你吧，让我内心的沉痛停息片刻，给心一个喘息的机会。解铃还须系铃人，我的所有病痛，只有你是唯一的良药啊，对你遥遥无期的思念使我的心痛快要到极限了。诗人用忘忧这种极具浪漫色彩的意象表达深切的情感。这种情极生幻的浪漫表达方式，让原本质朴的《诗经》平添生趣。诗人李白深得这种浪漫手法之真味，其诗作大多采取了相似的表达方式。李白的"抽刀断水水更流，举杯消愁愁更愁"式的表达方式，可视作《伯兮》女主人公的知音。

《伯兮》一诗的主题，《毛诗序》认为是："刺时也。言君子行役，为王前驱，过时而不返焉。"这种"刺时说"对后世产生的影响较大，与由此生发出的"思征夫说"相结合，就可以完整地概括这首诗的主旨。《伯兮》中男主人公参加的是哪场战争，历代研究者对此持有不同的看法。汉代学者郑玄认为，这位卫国中士参加的是公元前707年秋天（卫宣公时期）蔡国、卫国、陈国跟随周天子讨伐郑国的战争，这是根据《春秋》鲁桓公五年的记载得出的。宋代学者王质在《诗总闻》中也认为："当时卫人从王伐郑，在鲁桓公五年，以诗'为王前驱'可见。"此外，他还以蓬草秋天遇风乱飞和萱草盛夏花开深秋凋谢为证，认为时间相契合。但郭晋稀先生不同意这种看法，他认为这首诗作于公元前588年（鲁成公二年，卫穆公十一年），他的根据是《史记·卫世家》记载的"（卫国大将）孙良夫救鲁伐齐"，以及《左传·成公二年》中记载的："夏四月，孙良夫帅师及齐师战于新筑，卫师败绩。"也就是说，他认为诗中"为王前驱"中的"王"应当是卫侯，他还以"自伯之东"为例说明郑国不在卫国东面，以此推翻郑玄等人的说法。比较而言，郭先生的考证，似更合理。

不论《伯兮》作于何时，可以确定的是，这是一首因战争而产生的诗歌。春秋时期，"击鼓其镗，踊跃用兵"是社会的常态，那时的战争大多是诸侯国君主之间的争权夺利，这种互相征服的欲望就像一个巨大的漩涡，以其无法抗拒的力量将无辜的子民席卷其中。从将领到士兵，所有参与者都是受害者，他们背井离乡，将自己的生命置于朝不保夕的战场之上。战士渴望"执子之手，与子偕老"的幸福美好，闺中思妇睹物思人，辗转反侧，形成了中国古典诗歌中的"典型场景"！对诗中的主人公而言，到战争结束的那天，如果他们还活着，便伴着依依的杨柳或霏霏的雨雪踏上归程，这一场因战争引起的刻骨铭心的思念煎熬才算结束。残酷的战争带给他们的是身心俱疲的痛苦，还有近乎失而复得的欣喜。对于闺中"罗襦不复施，对君洗红妆"的女子来说，经历了这样生离死别般的考验，重聚的时刻，一切的委屈和怨恨都被抛到了脑后。只要良人能够平安归来，就是命运对她们最高的嘉奖与最好慰藉。

我们在分析和体验《伯兮》这首诗的艺术魅力时，也领略到了中国式战争书写的特点：不事战争场面的铺叙；以闺中人的思念之苦衬托战争的创伤之深；个人完全服从集体利益和国家利益，这就显现为一种闺中人的典型心理。自从你离开，我一直以你为荣，虽然一想到我们相隔千里就会心痛，但再想到你为君王守卫江山，我的心中就充满了骄傲。只有当残夜寒衾、孤窗冷雨的时候，我分外希望你在我的身边。想问一句"归期是何期"，声音却哽咽在喉中，慢说无处询问，即便问了，这又岂是你我能够做主的？

《伯兮》把诗中女子这种相思之情描写得入木三分，没有亲身经历的人不可能写出这样形象动人的诗篇。"岂无膏沐""首如飞蓬""甘心首疾""焉得谖草"也因此成为战争背景下相思之情的经典表达话语。《伯兮》四章用四十六字层层递进说相思，感情的起伏跌宕尽在其中，而中心始终落在一个"思"字之上。赞誉丈夫为"邦之桀兮"的豪情满怀，以及种植萱草期盼忘忧的浪漫情怀，则成为闺中思妇普遍性的美德和人格内涵。因此，这首诗成为后世闺怨诗的先河，有学者认为这首诗："语直而味深，唐人闺怨诸名作，逊此一格，"评价如此之高，可见这首诗在诗坛上的地位。

## 《王风·君子于役》：无奈的守候

《诗经》中描写思妇情怀的诗歌还有很多，不过，这些诗篇是从不同角度反映不同社会阶层女性对离家丈夫的思念。我们再举两例。

《卫风·伯兮》是以战争为背景表现一位贵族女子对征夫的思念，而此节所举《王风·君子于役》，描写的则是身处底层社会的农妇对丈夫的相思之情。诗中说：

君子于役，不知其期。曷至哉？鸡栖于埘，日之夕矣，羊牛下来。君子于役，如之何勿思！

君子于役，不日不月。曷其有佸？鸡栖于桀，日之夕矣，羊牛下括。君子于役，苟无饥渴！

如果不是"君子于役"，那么这首诗中所描绘的乡村生活场景、田园风光、牧歌情调，以及"鸡栖于埘，日之夕矣，羊牛下来"，当黄昏来临之际，忙碌了一天，一切即将归于平和安宁，牛羊家禽回到圈栏，每家每户升起袅袅炊烟，在温暖炉火的照映下，农人与妻子儿女闲话家常，一天的疲惫就慢慢散去了，这本是一幅安静祥和的温情画面。然而就在此景之外，你若再向前走几步，在村外崎岖蜿蜒、通往远方的小路旁，有一位妇人站在那里眺望远方，久久不愿离去。美丽的山村晚景图因为她的久久伫立而平添了几分愁思，路的尽头有她所期盼的身影。

思念丈夫的女子心灵相通，她们都渴望与爱人相伴左右，相守一生，但残酷的现实将她们的美梦打破。白天好过，家庭的繁重劳动使她无法顾及心中难言的悲苦，而每至傍晚，一天的忙碌结束之后，鸡进窝了，太阳落山了，牛羊也从山上回来了，一天结束了，然而那在外的丈夫又像昨天一样占据了她的全部心灵，漫漫长夜该如何度过？就这样日复一日的守候。等待本身就是煎熬，更何况是这种"君问归期未有期"的持续等待，每天似乎都有希望，但又每天失望。"君子于役，不知其期"，在家中独守空房的妻子只能叹息着问出一句"曷至哉"，无数次近乎疯狂的思念最后只能化作一声叹息。你到

158

底什么时候回来？难道你就不会想我吗？正是这种举重若轻、不着痕迹的表达，更显动人。

全诗虽只有两章，但言简意深，复沓手法的使用，使得诗意也有了升华。无尽的思念与等待没有任何结果，思念丈夫的苦楚只能由她独自承担。既然无法改变相距千里的现实，既然不知他何时回来，那就祈祷他孤身在外也能吃饱穿暖吧。这是一个普通妻子对丈夫最简单也最深沉的爱。古老的歌谣，美丽的画卷，浓浓的哀愁，诗中有画，画中有诗，情景交融，最终造就了这首思妇名作。

先秦时期是中国社会分化和动荡的历史阶段，集中表现在各诸侯国之间相互以征服为目的战争和冲突。这种频繁的征战，是周室东迁后，王室风光不再。原本是礼乐征伐自天子出，而随着诸侯国实力的上升变为"礼乐征战伐自诸侯出。"从天下格局来说，是权力再分配，而对普通家庭而言，带来的是动荡不安。作为我国第一部诗歌总集，《诗经》以其"饥者歌其食，劳者歌其事"的创作特点，从不同侧面描写了周代社会各个阶层的生活状况和理想愿望。通过《诗经》中的征夫思妇，我们眼前展现出一幅幅情态各异、丰富多彩的历史画卷，各阶层民众在烽火遍野的背景下的生存状态和情感体验尽在其中。

大儒朱熹在《诗集传》中评《伯兮》一诗说，夫妻离别则会产生相思之情，相思积累则生忧思，这是人之常情。因此，周初英明的文王、周公对百姓臣民心存怜悯，除非万不得已，不会轻易用兵。所以，当战争徭役不可避之时，百姓也体恤君王，抱着"士为知己者死"的勇气去杀敌。自古以来，人们向往和平，痛恨战争，成为一种文化基因，深深植根于历史的土壤。人们向往在青山绿水中、在蓝天白云下的家园里，快乐劳动，尽情欢唱，歌唱生活的甜蜜和爱情的美好。

## 《周南·卷耳》：绝望的守候

看过了田园牧歌式的哀愁，我们再来认识一位隐藏在《周南·卷耳》当中的守候夫君的思妇。诗中唱道：

采采卷耳，不盈顷筐。嗟我怀人，置彼周行。

陟彼崔嵬，我马虺隤。我姑酌彼金罍，维以不永怀。

陟彼高冈，我马玄黄。我姑酌彼兕觥，维以不永伤。

陟彼砠矣，我马瘏矣，我仆痡矣，云何吁矣。

《诗序》："《卷耳》，后妃之志也。又当辅佐君子，求贤审官，知臣下之勤劳，内有进贤之志，而无险诐私谒之心，朝夕思念，至于忧勤者也。"这首诗不一定是表现"后妃之志"，但作者为女性是可以肯定的。

当你思念一个人的时候，你会觉得外界的一切事物都没有了存在的意义，思念的焦灼让你很想去做些什么，但又什么都做不了。《卷耳》一诗中所说的就是这么一位贵族女子，她满心思念远行的丈夫，什么事都做不了。她在路边采摘卷耳，很长时间也摘不满一小筐，最后，她索性将手中的筐放下，站在大路旁向远处张望。《君子于役》中的主人公也是站在乡间小路上盼望行役的君子尽早归来，《卷耳》中忍不住跑到大路上的女子应是一位贵族女子，不论家境如何，同样是翘首企盼的女子，同样有沉甸甸的相思之情。

思念远方的他，就不由得在心中想象起他的状况：他到了哪里？他在做什么？接着画面就切换到了思念时空的另一端，那个被思念的男子此刻正辗转前行在路途中，骑马上山，人疲马乏，筋疲力尽，他愁容满面，心中也一定充满着对家乡亲人的思念，于是他喝起了酒，半为解渴，半为解忧。思念是痛苦的，也是奇妙的。诗歌为我们展现了"一种相思，两处闲愁"的画面，精妙的艺术构思产生了深远的影响，后世文人多有袭用《卷耳》这种想象"夫思妇"来抒发"妇思夫"之情的表现手法，最为典型的是诗圣杜甫，名作《月夜》就沿袭了此种写作手法："今

夜鄜州月，闺中只独看。遥怜小儿女，未解忆长安。香雾云鬟湿，清辉玉臂寒。何时倚虚幌，双照泪痕干。"杜甫除了忧国忧民之外，写起家中的妻子儿女也一样情深意厚。此外，还有早于杜甫的南朝诗人徐陵的一首《关山月》，同样采用了这样的表达方式："关山三五月，客子忆秦川。思妇高楼上，当窗应未眠。"征戍他乡的客子与高楼之上的思妇就这样穿越时空，"身无彩凤双飞翼，心有灵犀一点通"。

## 《召南·殷其雷》：忧国忧民的守候

《召南·殷其雷》也是《诗经》中写闺中思妇故事的名作。诗中说：

殷其雷，在南山之阳。何斯违斯，莫敢或遑？振振君子，归哉归哉！

　　殷其雷，在南山之侧。何斯违斯，莫敢遑息？振振君子，归哉归哉！

　　殷其雷，在南山之下。何斯违斯，莫或遑处？振振君子，归哉归哉！

　　《诗序》："《殷其雷》，劝以义也。召南之大夫远行从政，不遑宁处，其室家能闵其勤劳，劝以义也。"这位妻子，不但没有责怪从政的丈夫不能陪自己，反而站在公义的主场宽解夫君，可谓深明大义。在这首诗中，诗人以重章复沓的形式唱出了在家的妻子对外出丈夫热切的召唤与思念。全诗三章都以雷声起兴，震耳欲聋的雷声此起彼伏，一会儿在山的南坡炸响，一会儿在山侧旁轰鸣，一会儿又在山脚下发威，天气如此恶劣，家中的妻子不由得为在外奔波的丈夫担心起来：隆隆的雷声预示着大雨将至，怎么这样的季节你还要在外漂泊？公事繁忙，让你不能有片刻的歇息！我那勤奋有为的丈夫啊，不如早些归来吧！

　　雷声的飘忽不定，既表现了天气的极度恶劣，也暗示了丈夫漂泊在外行踪不定的辛苦生活。妻子的惦念，就如同这不绝于耳的雷声一般，但仕牵肠挂肚的思念与担心之余，一想到丈夫是为公事而奔忙不休，妻子便极力克制自己的儿女情长，暗中反而多了几分对丈夫的钦佩和赞美。俗话说，一位成功的男性背后总有一位伟大的女性，就像诗中的这位妻子，虽然她迫切希望丈夫早日归来，但她又不想丈夫因为家庭而耽误了工作，因此，她只能在天气恶劣的情况下发出"归哉归哉"的呼唤，理智与情感的矛盾冲突，更加能够体现出妻子对丈夫深厚的感情。我们看过了太多"夫妻本是同林鸟，大难临头各自飞"的悲情故事，不由得感叹诗中这种舍小家顾大家、舍小我求大我，以及夫妻互相理解、共渡难关的感情。这样的守候在今天这个纷繁复杂、瞬息万变的时代，显得尤为珍贵。一个人无论身处怎样的境遇，过着多么忙碌的生活，只要还有亲人的牵挂、理解和支持，就是幸福的，生活就依然充满希望。

## 《郑风·褰裳》《狡童》：热恋中的等待

比起那些在闺房中痴情等待出征或服役丈夫的女子，恋爱中的等待者则完全不同。她们也有候人不来的焦急，但更多的是对彼我关系的疑虑。尤其是热恋中，经历了仲春之月的相遇、一见钟情，进而相约相会的男女之间的等待，则颇具另外一番喜剧式的滋味。下面，让我们一起来看看《郑风·褰裳》《狡童》中的等待者。《褰裳》说：

子惠思我，褰裳涉溱。子不我思，岂无他人？狂童之狂也且！
子惠思我，褰裳涉洧。子不我思，岂无他士？狂童之狂也且！

春天来临的时候，在郑国都城新郑的郊外，溱水和洧水刚刚解冻不久，风和日丽，河畔绿草如茵。这时，青年男女相互邀约，一同到这风景宜人的河畔游春踏青。诗中的这位女子，就在此时认识了一位中意的男子。她和他约定，在聚会的人群散去后，在河对岸见面。约定的时间到了，女子等了许久，那男子也没有露面。"也许他和别的女子约会去了吧，或者他和她的约定只是一个不严肃的玩笑……"女子心里设想着种种可能，她实在等得不耐烦了，心里就咒骂起来："你不来约会，难道说我就没有其他人了吗？"爱之深，恨之切。女子虽然骂得痛快，但恐怕内心深处还是悲伤的吧。当然，假如她真的可以就此忘掉，倒也不失为一种上佳的选择。

《郑风》中还有一首《狡童》，也是女子咒骂恋人的诗，诗中唱道：

> 彼狡童兮，不与我言兮。维子之故，使我不能餐兮。
> 彼狡童兮，不与我食兮。维子之故，使我不能息兮。

《诗序》说："《狡童》，刺忽也。不能与贤人图事，权臣擅命也。"刺忽倒是不一定，没有明确的证据。然而，这首诗的作者，其用语及口吻与《褰裳》十分相似，应属一人之作。诗中说因为这个久候不来的人，使她食不甘味，到后来甚至不能呼吸。虽然女子语含戏谑，但并非完全不在意对方。

《诗经》中那些出现在高楼上、小路旁的一个个美丽的背影，她们用翘首企盼的目光为自己冠上了一个特别的称谓——思妇，等待的日子过于沉重，多希望她们可以像《褰裳》中的等待者那样，多一些潇洒，多一些嬉笑怒骂。

总之，《诗经》中等待者的生活状态可以从相传为卓文君的诗中进行概括："一别之后，二地悬念，只说三、四月，谁知五六年。七弦琴无心弹，八行书无可传，九连环从中折断，十里长亭望眼欲穿，百思想，千系念，万般无奈把郎怨。"这是命运对她们的考验，也是命运对她们的眷顾。比起卓文君，她们也算是命运的宠儿了，至少，她们的心中还有所牵挂，而故事中的良人也在思念着她们。也许正如秦观在《鹊桥仙》中所描绘的："纤云弄巧，飞星传恨，银汉迢迢暗度。金风玉露一相逢，便胜却人间无数。柔情似水，佳期如梦，忍顾鹊桥归路。两情若是久长时，又岂在朝朝暮暮。"秦观借牛郎织女的传说歌颂忠贞的爱情，这样的爱情，即使充满无奈和忧伤，也动人心魄，而《诗经》中的思妇们正是用她们忠贞不渝的守候赢得了后世人的尊重与敬仰。

## 《豳风·东山》：一个士兵的等待

《诗经》中大多数守候故事的主角都是女性，但《豳风》中的《东山》一诗恰好相反。这首诗以周代初年的周公东征为背景，描述一位随军出征的士兵在战争结束后等待回家团聚的故事。据史料记载，西周刚刚建立，东方的殷商余部就勾结一些对周公不满的周室大臣起兵谋反。周公率领军队浩浩荡荡去东方平定叛乱，诗中的这个男子，他新婚不久就应征入伍了。战争持续了三年，我们可以想象，三年来，这个男子，他经历了怎样的煎熬呀！好不容易等到叛军被击溃，战争结束了。就在归家的途中，他唱出了这首歌：

　　我徂东山，慆慆不归。我来自东，零雨其蒙。我东曰归，我心西悲。制彼裳衣，勿士行枚。蜎蜎者蠋，烝在桑野。敦彼独宿，亦在车下。

　　我徂东山，慆慆不归。我来自东，零雨其蒙。果裸之实，亦施于宇。伊威在室，蟏蛸在户。町疃鹿场，熠耀宵行。不可畏也，伊可怀也。

　　我徂东山，慆慆不归。我来自东，零雨其蒙。鹳鸣于垤，妇叹于室。洒扫穹窒，我征聿至。有敦瓜苦，烝在栗薪。自我不见，于今三年。

　　我徂东山，慆慆不归。我来自东，零雨其蒙。仓庚于飞，熠耀其羽。之子于归，皇驳其马。亲结其缡，九十其仪。其新孔嘉，其旧如之何？

　　学者程俊英说："这首诗叙室家离合之情诚挚深切，最足感人。通篇表现的是归途中征夫的绵绵思绪，情感的跳跃和递进构成了联系整部作品的中心线索。回首征役的凄苦——思念家乡的田园——想象妻子的洒扫待归——追忆新婚的幸福，仿佛由四支情调各异的曲子汇成一首抑扬顿挫的乐章，思绪渐趋具体，感情渐趋激烈。曲曲道来，情波叠起，音调铿锵。"（《诗经注析》）是啊，诗中除每一章开首反复出现的"我徂东山，慆慆不归。我来自东，零雨其蒙"的咏叹属于实写眼前之景外，其余内容是作者在等待归家的这一刻，在悲喜交加中所生出的回忆和想象。虽然时间已经过去三年，然而作者的记忆似乎还定格在三年前。为了战争的胜利，他毅然告别新婚的妻子出征了。周代的贵族都有服兵役的义务，这个豳地的小伙子，他应当也是周公的族人。他深知，为了周族这个大家，他必须要舍弃小家的幸福。因此，诗中虽然充满了对新婚妻子的无限眷恋和思念，但

《东山》士兵闭眼冥想

对战争本身并无怨言。这是《东山》这首诗与其他写战争的诗篇不同之处。小伙子回忆起三年军旅生活的种种危险、种种辛苦，庆幸自己能在如此惨烈的战争中生还。于是他又想到自己的家园，或许在他离开的三年中，庭院里已经长满了荒草，家里的亲人不知道是否安好。想到这些，就令他恐惧和担忧。最后他还是相信，他是幸运的，就像他历经生死的考验，在战争结束后等待回家一样，他的新娘也一定在家里等待他的归来。他想象，胜利的消息一定也传到了妻子那里，妻子一定正在洒扫庭院，准备好美味的食物，等他回家团聚。

《东山》展现的是一个东征士兵等待回家团聚的故事，诗中所写的虽然是这个士兵的所忆所想，但他那颗饱经沧桑的心在这悲喜交加、浮想联翩中呈现在读者的面前，令我们在数千年之后，还为之嗟叹不已。

　　我们可以想象，这个士兵回家后，也许等待他的是与亲人的团聚，也许等待他的是家园荒芜、妻子改嫁、亲人亡故的悲惨分离。这一切都是有可能的。还有什么能比与亲人团聚更能抚慰出征归来的士兵呢？让我们都真诚祝福这位征夫吧，希望他的家园完好如初，希望他的妻子还在痴情等待，希望他的父母兄弟都安然无恙……

# 《陈风》：巫风激荡下的神秘恋情

在美丽的彩云之南，每到农历"大暑"节气，彝族同胞们就迎来民族的盛大节日——火把节，这是彝族人民庆祝丰收的传统节日，也是情窦初开的青年男女寻找如意伴侣的大好时机。在狂欢的节日里，每到黄昏时节，人们高举火把绕行田间以预祝来年丰收，之后便集中到村里开阔的场地上举行欢庆活动。届时，成群结队的未婚男女，围绕着篝火翩翩起舞。男子们头戴环形饰品、身着手绣短衣；姑娘们则身穿百褶裙，斜挎绣包，盛装出场。女子们在身着白衣黑裤、腰系红色绸带的英俊吹笛者的带领下与男子相对而舞，在眉眼间传递无限的情意，抒发喜悦与欢乐。

在这欢庆的时刻，主角并非只有地上手舞足蹈的人们，还有天上那轮美丽的月亮，它散发着柔和的光辉，洒在欢乐的人群，见证着无数个爱情故事的发生。千百年来，中国文人对月亮总有一种独特的审美观照，无论是"明月几时有，把酒问青天"的豪情诘问，还是"举杯邀明月，对影成三人"的盛情相邀，都体现了人们对月亮的特殊情感。直到今天，人们表达对爱人的深情时还轻轻吟唱着"你问我爱你有多深，月亮代表我的心"。从古至今，月亮都被当作人们最亲近的朋友，它与人们的亲情、爱情等一切内心情感紧密相连。当你感到孤苦无依的时候，只要抬起头看到天边那一轮明月，心中就会得到莫大的安慰。因此，中国古人也赋予了月亮许多美丽的名称，例如：素娥、顾兔、白玉盘、玉壶、玉轮、蟾蜍、冰轮、桂魄、婵娟、素丸、冰镜、广寒宫、嫦娥、玉羊等。

彝族人民也对月亮情有独钟，因此，他们给自己的舞蹈起了一个美丽的名字，叫作"阿细跳月"。"跳月"，一个令人心驰神往的名称，让人似乎身临其境，感受到了月下舞者的轻盈美丽。我们不禁要问，是谁最早发现了遥远天际的那轮明月能对人们产生如此之大的心灵震撼？这个问题的答案，我们恐怕还要从古老的《诗经》歌谣中寻找答案。

## 《陈风·月出》：一轮明月照古今

时至今日，科技的发展让我们得以窥见自然界的无数奥秘，比如：令中国人迷恋了千百年的月亮，实际上是一颗行星，是一个既无氧气又无河流的星球，然而，这样冷静严谨的科学判断并不能打消人们对月亮的浪漫想象，高悬于我们心头的那轮明月依然神秘莫测，玉兔和嫦娥依然编织着我们银色的梦境，我们沉醉在这个梦中不愿醒来，因为这个美丽的梦我们已经做了几千年。

是谁第一个用含情脉脉的眼光观察月亮？是谁第一个在这冰冷的自然之物中发坝了温情的诗意？是谁最先把它从"远在天边"拉到"近在眼前"并贴近人们的心灵？我们不停地向远古追溯，直到看到一首名叫《月出》的诗：

《月出》男子望月繁星点点中

月出皎兮，佼人僚兮。舒窈纠兮，劳心悄兮。

月出皓兮，佼人懰兮。舒懮受兮，劳心慅兮。

月出照兮，佼人燎兮。舒夭绍兮，劳心惨兮。

因为这首《陈风·月出》有人说："中国的月亮是从《诗经》中升起的。"这动人的歌谣飘荡在古老陈国的月夜里，从此，诗的国度里就平添了一缕月光的浪漫与神秘，中华文化中的第一轮明月就在这歌声中冉冉升起，这月色铺洒了千年而经久不衰。在数千年的时光里，温柔的月光不但与世间的美好爱情相随相伴，而且在人们生离死别、喜怒哀乐的场景中都镀上闪亮的光泽，让芸芸众生原本暗淡无光的日子有了钻石般的光彩，让那些动人的瞬间在历史的长河里荡漾起璀璨的波光。

《陈风·月出》是一首在月下怀念爱人的诗。诗人第一次揭示了望月和思念的对应关系。自《月出》之后，中国古代咏月的诗篇真是积案盈箱，俯拾皆是。如《古诗十九首》的"明月何皎皎""明月皎夜光"，初唐张若虚的《春江花月夜》，以及李白的《古朗月行》、杜甫的《望月》等，不管它们如何变换视角，变换形式，变换语言，但似乎都只是一种意境，一种情调，即迷离的意境，怅惘的情调。这种意境与情调，最早都要追溯到《月出》。

"今人不见古时月，今月曾经照古人。古人今人若流水，共看明月皆如此。"望月抒怀，月下相思，千古之间，这轮明月成了代代诗人愁思的寄托。历代歌咏月亮的名篇佳作层出不穷，《红楼梦》中香菱学作月亮诗的片段也令人记忆犹新。香菱拜林黛玉为师学习作诗，黛玉出了"咏月"的题目，香菱苦思冥想，对月兴叹。依葫芦画瓢的咏月诗被黛玉评为措辞不雅，"月挂中天夜色寒，清光皎皎影团团"，读来确实少了些诗歌的意境美。经过不懈努力，第二次咏出的"只疑残粉涂金砌，恍若清霜抹玉栏"，被薛宝钗评价："不像吟月了，月字底下添一个色字倒还使得，你看句句倒是月色。"意境虽然有了，但跑题了。于是香菱"竹下闲步，挖心搜胆，耳不旁听，目不斜视"，最终吟出了一首声情并茂的咏月诗："精华欲掩料应难，影自娟娟魄自寒。一片砧敲千里白，半轮鸡唱五更残。绿蓑江上秋闻笛，红袖楼头夜倚栏。博得嫦娥应借问，缘何不使永团圆。"全诗无一处提到月，却句句吟月，香菱的苦心终于获得了满堂喝彩，她的吟月之举也成了一段佳话。古人笔下的月亮，素雅、宁静、温柔、神秘，是美丽的，因此，许多人把世间装不下、载不动的情愫寄存到那座冰清玉洁的天上宫阙，使之成为人类文化记忆的永久收藏。

高悬的明月可以千里同照，而清澈幽冷的月色又给人一种静谧孤寂的感觉，因此，在月光下最容易勾起忆旧怀人的感情。《月出》的作者正是如此，在皎洁的月光下，他想起了那位美丽的爱人，朦胧的月色中，他似乎看到爱人曼妙的身影向他走来，于是内心情思涌动，使他不能自已，这种可望而不可即的状态，使他陷入了深深的痛苦。

"月出皎兮，佼人僚兮。"月光银辉下的妙龄少女，曼妙动人，轻盈多姿，仿佛天上的仙女。"舒窈纠兮，劳心悄兮"。她迈着缓缓的步伐从远处飘来，倩影娇媚，顾盼生姿，诗人敏感的心弦禁不住为之激荡，柔情乍起，思绪飘扬。"乱我心者，今日之日多烦忧"，佳人美丽却难得，何时才能相知相守？心中陡然而生的淡淡忧愁，挥之不去，作者无意之中道出了人类心灵最柔软的体验。

诗中的美人，似真似幻，似梦非梦，这一切究竟是作者心中的幻觉，还是现实中真实的场景呢？似乎没有人能说得清楚。这种情景，不由令人想到楚国大辞赋家宋玉笔下的巫山神女。宋玉和楚襄王游巫山时，恰逢阴雨绵绵，望着云雾缭绕的神女峰，诗人浮想联翩，创作了《高唐赋》。赋中讲述楚怀王游历巫山高唐时，白天劳累，疲倦入睡，梦中一位娇媚的妇人飘然而至，自言："妾巫山之女也，为高唐之客，闻君游高唐，愿荐枕席。"并告诉楚王："妾在巫山之阳，高山之阻，旦为朝云，暮为行雨。朝朝暮暮，阳台之下。"神女披云雨而至，诡秘莫测，云雨绕神女而变幻，伤怀迷离，巫山神女，朝朝暮暮，飘忽不定，后世作家曹植等皆受其启发，以此感悟爱情与人生。也许宋玉正是受《月出》的启发，才创作出如此缠绵悱恻的爱情神话。

美人如月，即使那些男子激情如火，豪情万丈，而纤尘不染的一轮皎月以其独特的魅力让它们黯然失色。这轮月就是秀而不媚、清而不寒的美人。《月出》中的明月与美人让这世俗人间有了一种纯净，也让这喧嚣的世界有了一时的静谧。她们的馨香芬芳了人间，她们的美丽愉悦着人们的心灵。月上柳梢，美人的情愫演绎着人间的喜怒哀乐；月下吹箫，美人的风姿浸润着古老的经典；月洒银辉，素影迷离，佳人婀娜，思而不得，让《月出》的作者怎能不心生焦虑！皎洁的月光下，婀娜的身影，凌波微步，姗姗而行！美人如花隔云端，朦胧的身影，朦胧的思念，这个美丽的女子牵动着诗人的愁肠！诗人借着月光，诉说着心情。月下佳人，倩影如梦如幻，那是段真实的邂逅，还是个绝美的想象，是在咫尺还是天涯？这样唯美的意境伴着长长的相思，惆怅如烟，深深感动着一代一代的读者。意境的美妙再加一唱三叹的吟咏，使得《月出》成了一段美丽的传说，一幅美丽的图画！

如此美丽的月色还见证了许多缠绵凄恻的爱情故事的诞生，"月上柳梢头，人约黄昏后"的焦灼期待，有情人在花前月下的相伴相守，都会成为他们生命履历中值得永久回味的篇章。

月亮有心成就一对有情人，他们私奔出府，这让卓王孙颜面尽失，出于无奈，他只得屈服。现实中的爱情并不像童话般美丽，许多爱人可以共患难，却不能同甘苦，司马相如因写《子虚赋》而受诏入京，竟然一去不返。聪慧如雪的卓文君感到将要失去爱人，便用一首

《白头吟》不卑不亢地表达了自己对爱情的执着："皑如天上雪，皎若云间月。闻君有两意，故来相决绝"，自己的感情依然如初见那夜的明月般皎洁，你却要离我而去了，一代才女借用山上白雪与山间明月来比喻自己的坚贞心志，也许这首诗又唤起了司马相如对美好往事的追忆，没有背弃最初的誓言。

人言"千里姻缘一线牵"，这个牵线的人被称作"月老"。相传，唐朝有一个名叫韦固的人，晚上在街上闲逛，看到月光之下有一位老人席地而坐，正在那里翻一本又大又厚的书，而他身边放着一个装满了红色绳子的大布袋。韦固很好奇地问他："老伯伯，请问你在看什么书呀？"那老人回答："这是一本记载天下男女婚姻的书。"韦固听了很好奇，就问："那你袋子里的红绳子，又是做什么用的呢？"老人微笑着对韦固说："这些红绳是用来系夫妻的脚的，不管男女双方前世是仇人还是朋友，只要我用这些红绳系在他们的脚上，他们就一定会走到一起，并且结成夫妻。"韦固听了，自然不会相信，但是他对这古怪的老人充满了好奇。当韦固想要再问他一些问题的时候，老人却站起来，带着他的书和袋子向米市走去，韦固也跟着他走。到了米市，他看见一个盲妇人抱着一个三岁左右的小女孩迎面走过来，老人便对韦固说："这盲妇人手里抱的小女孩便是你将来的妻子。"韦固听了很生气，以为老人故意开他玩笑，便叫家奴去把那小女孩杀掉，看他将来还会不会成为自己的妻子。家奴跑上前去，刺了女孩一刀，就立刻跑了。当韦固再要去找那老人理论时，却已经不见他的踪影了。

光阴似箭，转眼十四年过去了，这时韦固已找到满意的妻子，即将结婚，对方是相州刺史王泰的掌上明珠，非常漂亮，只是眉间有一道疤痕。韦固觉得非常奇怪，于是便问他的岳父："为什么她的眉间有疤痕呢？"相州刺史说："说来令人气愤，十四年前在宋城，有一天，保姆陈氏抱着她从米市走过。有一个狂徒，竟然无缘无故刺了她一刀。幸好没有生命危险，只留下这道伤疤，真是不幸中的大幸呢！"韦固听了，愣了一下，十四年前的那段往事迅速浮现在他的脑海里，他这才明白月下老人的话并非开玩笑，他们的姻缘真的是月老做主的。从那以后，民间开始流传：男女结合是由月下老人"系红绳"加以撮合的，所以，后人就把媒人叫作"月下老人"或"月老"。可见，月亮与人世间的爱情婚姻有着密切的关系。

今时不同往日，特定的景或许可能再现，特定的情却难以重复。这种月上柳梢头、惊艳月光下的境界，大概已属古典的浪漫。古典的浪漫是种特别的境界：温柔如水的月光，轻轻摇曳的树枝，微微飘浮的凉意，静谧的大地，幽幽的虫鸣声，若隐若现的身影，似明似暗的举止，雾中看花般的仪容，欲前不前的心态，暗自跳动的心弦，情不自禁的忧伤……此情此景，不由使人心移神荡，情思涌动，不能自已。在如今喧嚣的环境之中，月下怀人美妙浪漫的情怀，已在声色犬马之中化为乌有。古典美是沁人心脾的甘泉，流行美是辛辣刺激的烈酒，步履匆匆的人们已经渐渐习惯了流行美。他们没有了望月怀远的闲暇，他们的目光被锁定在声色光电之中。月亮逐渐淡出了人们的视野，它随着《月出》这样美丽的诗句渐行渐远，也带走了时光深处的那份期盼和流连。

关于《月出》一诗的主旨，有学者认为是"歌颂月下婆娑起舞的女巫们美妙动人的风姿"，她们的美貌打动了围观的男子，使男子产生了可望而不可即的惆怅和悲叹，将春秋时期的民俗与诗歌内容联系起来考察，这种观点是十分精到的。

## 《陈风·宛丘》：洵有情而无望

《诗经》十五国风之中，描写爱情题材的诗篇以《周南》《召南》及《郑》《卫》《陈》等为多。不同于《周南》《召南》婚恋诗的温柔敦厚，《郑》《卫》《陈》等诗中的爱情书写大胆奔放，《陈风》情诗则更多表现出神秘浪漫的特色，这与陈国所处的独特地理环境及崇巫尚鬼的文化习俗有很大关系。

西周初年，周武王封虞舜之后于陈地，就是陈国。陈国建都于宛丘，开国之君妫满是周朝的有功之臣，周武王将长女大姬许配给他，以示对陈国的重视与信任。陈国的统辖范围大致在今河南东部和安徽西北部一带，这一地区是当时东南方诸侯国北上中原的必经之地，地理位置十分重要，也是春秋时期诸侯的必争之地。处在夹缝中的陈国虽然生存不易，但其特殊的地理位置使它孕育出独特的文化风格。陈国作为周王朝的重要封国，虽然接受周人的礼乐文化，但陈的本土文化仍根深蒂固。南面的东夷族和西南方向的楚国都对陈文化产生了重要影响，特别是楚文化对陈国的影响尤其重大。春秋时期，楚人逐鹿中原，陈国多次成为楚人问鼎路上的牺牲品，楚国的神巫祭祀之风也深深影响了陈国。陈国在接受外来文化的同时，形成了崇巫信鬼的文化特色。

除了特殊地理位置的影响之外，陈国喜祭好巫风气的形成还与大姬有着重要的关系。周武王的长女大姬下嫁给陈国国君，她的地位十分尊贵，百姓对她也非常尊重，他们都以这位来自周王朝的王后为荣。身为王后，大姬承担着为国君绵延后嗣的重要任务，但她迟迟没有子嗣。春秋时期，通过祭祀的方式求子是各地都盛行的风俗，陈地又与楚地相邻，受其"信巫鬼、重淫祀"风气的影响，这种风气更为盛行。大姬入乡随俗，昼夜祈祷以求有子，于是对巫鬼之术更加信服。上行下效，大姬对巫术的笃信对陈国普通百姓中的崇巫习俗起到了推波助澜的作用。上层贵族的喜好使崇信巫鬼之风更为风行，

《宛丘》男子深情望女巫

并使其从一种民俗行为上升为主流文化，陈国也出现了"淫祀"歌舞之风。这也深刻反映在《陈风》诗篇之中，使《陈风》呈现出别具一格的自由浪漫的特征。

《陈风》共收录陈地诗歌十首，除《月出》之外，还有《宛丘》《东门之枌》《衡门》《东门之池》《东门之杨》《墓门》《防有鹊巢》《株林》《泽陂》，除讽刺当权者的《墓门》《株林》及隐逸者抒发安贫乐道情怀的《衡门》外，其余七首都是描写婚恋题材的作品，并且都与神巫祭祀的场景相关，反映了古老巫风与春秋时期世俗娱乐风气的相互激荡。如此集中表现神秘浪漫的主题，在十五国风中也是独树一帜的。《宛丘》一诗说：

> 子之汤兮，宛丘之上兮。洵有情兮，而无望兮！
>
> 坎其击鼓，宛丘之下。无冬无夏，值其鹭羽。
>
> 坎其击缶，宛丘之道。无冬无夏，值其鹭翿。

此诗写了一名男子暗恋在宛丘跳舞的巫女，明知无结果却不能自已。先秦时期去古未远，普通民众并没有受到太多婚礼规范的约束，男女交往相对比较自由，他们之间的爱意表达也比较大胆直接。《周礼·地官·媒氏》中说："仲春之月，令会男女，于是时也，奔者不禁。"可见，对于这些民间男女相会的活动，官方也是认可的。而陈国自上而下皆崇巫信鬼，盛行歌舞祭祀，自建立之初，大姬就热衷于巫觋祷祈鬼神歌舞之乐，每逢祭神之时，人们从四面八方汇集一处，载歌载舞，祈神赐福。这是一种名为祭神、实为娱乐的群体性活动，类似于后世庙会上的歌舞娱乐活动。聚会的内容一般由集体歌舞和青年男女自由交往两个环节组成，而聚会祈祷的目的通常也有两种：求婚与求子。每到祭日，人们倾城而出，万人空巷，在国都东门宛丘附近的水滨森林里，女巫手执鹭羽而舞，旁观的少男少女也纵情歌唱，主持祀神活动的以女巫为多，她们能歌善舞，容易引起人们的关注，因而，《陈风》中主人公多以女巫的形象出现，为诗歌的殿堂增添了一份神秘色彩。

《宛丘》中的"子"是一位舞姿曼妙的女巫，她以华丽夺目的羽毛作为装饰，刚一出场，就散发出一种迷人的魅力，因其巫者的身份，又使她如女神般庄严，让试图接近的人心生畏惧。她沉浸于歌舞的世界之中，在宛丘之上日日舞蹈，企盼着神的降临。她未曾注意到围观的人群中有一位男子已经悄悄爱上了她，虽然他和她没有《关雎》《汉广》《蒹葭》中河水的阻隔，近在咫尺，但他知道自己的爱是无望之爱。于是，他转而以欣赏的姿态发出赞美："你婀娜的舞姿飘荡在高高的舞台上，我对你一往情深，可我的爱情是如此无望。"一切痛苦的根源都在于他爱上的是"大众明星"般的女巫，而他只是一个心里燃烧爱火的普通观众，只能被漠视。这首诗在情感表达上采取先扬后抑的方式。首章热烈奔放，直言："洵有情兮，而无望兮"，直截了当。第二、三章则完全收敛住了奔涌的情感，以冷静的眼光旁观宛丘上翩翩起舞的女巫。不著一情字，而情自深沉。世界上最遥远的距离是，我在你面前而你不知道我爱你，这种虽近在咫尺但有远在天边的感情体验，正如顾城的那首《远和近》："你，一会儿看我，一会儿看云。我觉得，你看我时很远，你看云时很近。"

《宛丘》所描述的这种青涩而又令人欲罢不能的感情，极其纯粹，极其浪漫，这是一种极具普遍性的情感体验。你默默关注着她的一举一动，见到她时却一句话都说不出来；你悄悄喜欢着她，在她和别人交谈时却常常摆出一副不屑一顾的表情，甚至还故意说她的缺点。她是发光体，吸引着你的全部注意，你却害怕这光会灼伤你；她是北极星，指引着你心灵的方向，你却担心即使拥有了她也会稍纵即逝。暗恋中唯一可以做的是将这份痴情放在心中，慢慢咀嚼。个中滋味，只有经历过的人才能体会。随着岁月的流逝，这份情感终将会被酿成淡淡芬芳的美酒，那些欢乐或痛苦，都将汇成珍藏于心底的难忘回忆。

## 《陈风·东门之枌》：贻我握椒

《东门之枌》描写的是一位男子钦慕一位擅长歌舞的女巫的爱情故事。故事同样发生在宛丘附近，那里是人们祭祀神灵的地方，也是陈地青年男女相会的地方。相比之下，《东门之枌》中的他比《宛丘》中的男主角幸运一些，因为他的爱慕得到了心上人"子仲之子"的回应。诗中这样写道：

> 东门之枌，宛丘之栩。子仲之子，婆娑其下。
>
> 榖旦于差，南方之原。不绩其麻，市也婆娑。
>
> 榖旦于逝，越以鬷迈。视尔如荍，贻我握椒。

《东门之枌》女子手捧花椒

　　这首诗是以男子为第一人称口吻写的。在陈国都城的东门之外，白榆长得十分茂盛，宛丘绿树成荫、风景美丽！每当祭祀神灵的日子，在如此优美的环境中，男女青年载歌载舞，热闹非凡。每逢这样的良辰美景，姑娘们都会丢下手中的活计，从四面八方来到这里，加入歌舞。虽然美女如云，而诗人的眼中只有一位女子，她就是"子仲之子"，她那优美的舞姿令他倾慕不已。在这样美好的日子里，有宛丘之枌做媒，小伙子趁机约心上人到原野见面，他们逐渐由相识到相知。在小伙子眼中，姑娘好像鲜艳的锦葵花（"荍"）一般美丽！心爱的姑娘送给他一捧降神时用过的花椒作为礼物，更是让他欣喜若狂。

《东门之池》男女对歌

　　生活在当今社会的我们也许不能理解，花椒怎么能够作为礼物送给爱人呢？这是因为在上古时期，花椒是作为香料使用的，而且因其香气四溢，果实累累，常常被当作爱情信物和多子多福的象征。由此看来，这位姑娘面对男子的表白已经芳心暗许，难怪小伙子那么高兴。在上古时期的陈国，有资格给神灵献礼物的女子，一定是巫觋，这也反映出诗中女子的身份。礼出于俗，俗源自自然，礼物是次要的，真心才最重要。在《诗经》的爱情诗中，恋人的礼物是一个木瓜、一把茅草、一捧花椒或者一片桑叶，这些礼物出自天然又归于天然。送之坦然，受之欣然，相爱的双方简单朴实，单纯率真，这样纯洁自然的爱情对现代人来说是久违了的温馨。

## 《陈风·东门之池》《东门之杨》：东门之会

东门外面，宛丘之上白天的祭祀活动结束了，向神灵祈祷的歌舞也停止了，但盛大的狂欢才真正开始，青年男女之间的爱情也刚刚开始。《东门之池》描述的就是陈国的青年男女欢会于"东门"的场景。诗中唱道：

> 东门之池，可以沤麻。彼美淑姬，可与晤歌。
>
> 东门之池，可以沤纻。彼美淑姬，可与晤语。
>
> 东门之池，可以沤菅。彼美淑姬，可与晤言。

"东门之池"是指陈国都城东门外的护城河，而东门之外的宛丘是一个祭神娱乐和聚会的场所。这首诗表现一位年轻男子期望与歌舞中结识的美丽善良的姑娘交往的强烈愿望。"彼美淑姬"犹言窈窕淑女。爱美之心，人皆有之，小伙子在歌舞活动中借机邀约"淑姬"在东门外的护城河边见面，男子一见到她，便立即被吸引了。姑娘美丽又贤淑，激发了他强烈的爱慕之情。"晤歌""晤语""晤言"体现出二人距离的逐渐拉近。在古代，对歌是青年男女接触的一种方式，也是双方增进友谊加深了解的主要渠道。

"月上柳梢头，人约黄昏后"很恰当地展现了这首诗的意境和情调。黄昏时分，夜幕降临，星星在天空中调皮地眨着眼睛，清澈的夜空为大地洒下银白色的光辉。一棵棵青碧满枝的杨树隐蔽着恋人美丽多

《东门之杨》男子独自等待

姿的倩影。清风吹过，树叶的沙沙作响宛如一首欢快的歌谣。一时间，宛丘周围安静了下来。男子和他的心上人相约在东门之池见面，等候的心情虽然有些焦灼，但这正是相会的代价。

《东门之杨》中的男子，就没有《东门之池》中的男子那样的好运气了。他也邀约了美丽的姑娘，约定在东门之外见面，但是等到天亮，也没有见到她的影子。于是，他悲伤地唱出了这首诗：

东门之杨，其叶牂牂。昏以为期，明星煌煌。

东门之杨，其叶肺肺。昏以为期，明星晢晢。

东门之外，长着密密的白杨，真是个约会的好地方。说好了和心上人在黄昏时见面，然而那闪耀的启明星已经高高悬挂在夜空中了，他等待的人还没有到来。可怜的人从黄昏时分等到夜深人静，又从夜深人静等到清寂凌晨。斗转星移，时光流逝，心上人却迟迟不见踪影。长久等待，失望懊恼，使他产生了些许埋怨，先前悦耳的风吹杨树的沙沙声，此刻似乎成了噪声！他内心很不满负心人的戏弄，但又无法舍弃，不愿离去。他让人想起那个痴情的尾生。不管你来与不来，我只要痴痴地等。虽然这样无尽的等待是如此绝望，但他只要等下去……诗篇并未交代结局如何，诗毕竟是诗，说透了，说尽了，也就失去了滋味。后来的一切只能靠我们去想象了，言有尽而意不尽，这样才令人回味无穷。

## 《陈风·泽陂》：盛开的莲花

《陈风·泽陂》也是一首描写单相思的恋歌。诗中的小伙子，一片痴情，无处诉说，只好唱出这首悲伤的歌：

彼泽之陂，有蒲与荷。有美一人，伤如之何？寤寐无为，涕泗滂沱。
彼泽之陂，有蒲与蕳。有美一人，硕大且卷。寤寐无为，中心悁悁。
彼泽之陂，有蒲菡萏。有美一人，硕大且俨。寤寐无为，辗转伏枕。

闻一多认为这诗写的是一个男子"荷塘有遇，悦之无因，作诗自伤。"是什么样的女子让这个小伙子为她夜不成眠、泪流满面呢？

诗中的"硕大且卷""硕大且俨",刻画了一个身材高挑、仪态雍容的女子形象。原来啊,男子爱上了一位面容姣好且体态丰满的女子。钱钟书《管锥编》说:这个女子是双下巴,身材微胖。程俊英、蒋见元《诗经注析》也分析指出:"在我国古代,存在着以丰满壮硕为美和以婀娜苗条为美两种不同的审美观,而在《诗经》时期,显然是前一种审美观占上风,如《卫风》以'硕人'称庄姜,《小雅、车舝》以'硕女'称季女,这种现象倒是颇令人感兴趣。"男子先是想得痛哭流涕,然后忧郁终日,最后辗转反侧、难以入眠。这种情感的层层递进,表现了思念之深、之久。诗歌的字里行间都渗透出纯真之美,极富打动人心的魅力。

这首诗与《关雎》表达的感情颇有几分相似,但两首诗切入的角度不甚相同。《关雎》突出女主人公的美貌气质与贞贤清淑,令人喜爱,是君子理想的配偶,而这首诗突出表现了女子丰满雍容之美。环肥燕瘦,各擅其美,由此,我们也可以看出,当时人们因地域不同而审美观不同。在周代社会里,女子婚后的主要任务是生育,而健壮高大的身材,丰满结实的体魄,是男子择偶的基本标准,也是他的审美标准。《楚辞》中的《大招》描写美人说:"丰肉微骨,调以娱只""丰肉微骨,体便娟只",又说美人须"曾颊倚耳",都是以肌肉丰满且肥胖为美。唐宋画家手下仕女图及唐墓出土的女俑也都肥硕丰满。看来以胖为美,不是从唐朝才开始的。

这首诗的起兴句写到了莲荷,是中国诗歌中最早的一例。所写的故事令人同情,男子单恋"硕女",情不能已。单方面的暗恋是一种只求付出而不求回报的独特体验,其实谁又能做到真正的不求回报呢？只是害怕说出来后暗恋也不可能了。爱上她对他来说是一种煎熬，时时刻刻关注她的一举一动，可是不能说出心中的秘密，只能任痛苦疯长，任思绪翻飞，令人心痛而无奈。

## 《陈风·防有鹊巢》：鹊巢鸠占之忧

《防有鹊巢》两章八句，以简括的笔法表现了热恋中的男子因和恋人发生误会而平添苦恼，其背后也是一个爱情故事。《毛序》说"《防有鹊巢》，忧谗贼也。"正当他们沉浸在爱情的甜蜜之中时，有个挑拨离间的人出现了，这个人居心叵测，设法在女子面前说了许多小伙的不是。于是，这对恋人之间开始有隔阂，他们先是不断争吵，后来就越来越冷漠。小伙子很烦恼，很气愤，可是又无法解决眼前的矛盾，就唱出这首诗：

> 防有鹊巢，邛有旨苕。谁侜予美？心焉忉忉。
> 中唐有甓，邛有旨鹝。鹝侜予美？心焉惕惕。

"防"，堤坎。"侜"，欺骗，挑拨。诗的大意是说："哪有堤上筑鹊巢？哪有山上长苕草？谁在离间我情人？使我心里好烦恼。""哪有庭中瓦铺道？那有山上生绶草？谁在离间我情人？我的心里很烦躁。"这个男子，连用了几个比喻来说明这个可恨的小人离间自己情人的荒唐：鹊本应在树上筑巢居住，可现在出人意料地在河堤上筑巢！苕本应生长在低湿的地方，现在却长在了山丘上！瓦片应铺在

屋顶上，现在却铺在了庙堂的通道上！绿草本应生长在低洼里，现在却长在山坡上。这一切太荒唐了，这个可恨的馋贼之人，他离间自己和情人，甚至比上面所说的这一切还要荒唐。这就是生活，这样的事居然在光天化日之下发生了，而且不可挽回地发生了。"忉忉""惕惕"，本是极度恐惧的意思，用在这里，很能表现这个痴情又可怜的男子猜疑、嫉妒、焦虑、思念的心理。我们读到这里，也一定为这个男子的境遇而担心，也禁不住会怒斥那个馋贼之人的卑鄙行径。看来，爱情虽然是甜蜜的，但并非每个人都可以拥有。屈原的《离骚》说："众女嫉余之峨眉兮，谣诼谓余以善淫。"诗中虽然没有说明馋贼之人为何挑拨离间，但可以想象，大概是因为妒忌吧。

## 《陈风·株林》：夏姬的故事

　　和谐稳定的社会，基于每一个婚姻家庭的稳定。《诗经》中有些诗篇虽然表面上是在歌咏个体的婚姻家庭生活，但蕴含着示范或垂诫的教化意味。今日重翻史册，为的是警醒世人，莫要误入歧途。《诗经》此刻，更像一位循循善诱的长者，将往事娓娓道来，引人叹息，启人深思。

　　从以上几首诗中我们可以看到，陈地的风俗崇信巫鬼，民风过度自由开放，这与陈国王室公卿荒淫无道的行为不无关系。陈国这个小国，因为一个传奇般的女子而被历史铭记。《陈风·株林》一诗就是对陈灵公私会夏姬的隐晦讽刺。"他们为什么要兴冲冲地赶往株邑城外的郊野呢？只因为急着去见夏南。他们不是要去株邑郊野吗？他们要去找夏南。驾着大车赶起四匹马，停车在株邑的郊外。驾起轻车赶着四匹马驹，抵达株邑歇息吃早餐。"仅从诗歌文本似乎看不出讽刺之意，但诗中的"夏南"暴露了诗的本意。夏南是陈国大夫夏御叔之子，而诗中兴冲冲地奔向株林的是陈国国君和他的大臣孔宁、仪行父，他们大老远来到株林，并不是来见夏南，而是来见夏南的母亲，那位传奇般的女人——夏姬。

　　《株林》这首诗被收录在《诗经·陈风》中，其用意在于以陈灵公亡国之事警示世人。无论《诗序》还是《郑谱》都认为此诗是为讽刺陈灵公与夏姬的淫乱之行所作。我们一起来看这首诗说：

胡为乎株林？从夏南！匪适株林，从夏南！

驾我乘马，说于株野。乘我乘驹，朝食于株。

这首诗的作者看到一队衣着华丽的人坐着马车驶向株林的方向，于是生出疑问："他们为什么往株林去了？是去找夏南吗？"看到的人会意地笑着说："并不是去株林，大概只是去找夏南吧。"其实大家早已知晓陈灵公与夏姬的事。这里是故意以调侃的口吻来讽刺。这种方式则更为巧妙，也更为智慧，却不失诗人的温柔敦厚。

"驾我乘马，说于株野。乘我乘驹，朝食于株。""说"即"税"，停留。这两句诗在采取隐语的手法，以场面描写暗含深意。

缘何诗人用如此口吻来讽刺自己的国君？知道了下面的故事，也许可以解答疑惑。

故事的主角是一位妖艳的美姬。可惜我们无法穿越到古时，领略其美，夏姬的美貌也许不在四大美人之下。但是她为何变成了被人批评的对象？为何不被人们所艳羡呢？我想美女的标准从来就不只是外表，德行更为重要。夏姬的故事更是证明了这一点。

夏姬，是郑穆公的女儿，姬姓，嫁给了陈国大夫夏御叔，故被称为夏姬。她是春秋时期有名的美人，传说到了四五十岁，还有男子为其美色神魂颠倒。

嫁给夏御叔后，生育一子，就是《株林》一诗中提到的夏南，即夏徵舒。夏南还未成年时，夏御叔便因病去世。

据《史记·陈杞世家》记载："十四年，灵公与大夫孔宁、仪行父皆通于夏姬"。据考证，夏姬的丈夫夏御叔与陈灵公的父亲是同辈，因而夏姬是陈灵公的长辈。《史记》记载，夏姬先是和孔宁与仪行父相好，后来两位臣子的隐秘被发觉，便将其进献给了陈灵公。从此，君臣三人便都与夏姬有染。依《左传》宣公九年记载，有陈灵公、孔宁和仪行父三人竟然以私藏的夏姬的贴身内衣相炫耀。有个叫泄治的大臣可能实在看不下去了，就说："身为国君，和大臣在朝堂之上公然标榜淫乱之事，百姓们如何效仿呢？大王，您还是把夏姬的衣衫收起来吧。"陈灵公答应了泄治的请求。可是泄治的进谏，也彻底惹恼了孔宁和仪行父，二人因记恨泄治，将其杀害。陈灵公早已听闻此事，也许他也怨恨泄治，所以装作不知。

还有一次，陈灵公和孔宁、仪行父三人在夏姬家里喝酒，陈灵公说："这夏徵舒长得很像仪行父。"谁料仪行父说："夏徵舒长得和君王您也很像啊。"说罢，君臣三人"哈哈"大笑。当时夏徵舒已经成年，听到这屈辱的对话，便心生仇恨。陈灵公酒罢，离开夏姬家时，夏徵舒便从马圈里用箭射死了陈灵公。孔宁和仪行父惊恐不已，连夜逃往了楚国。陈灵公的儿子也害怕夏徵舒报复，流亡他乡。夏徵舒便自立为王，成了陈国国君。

楚国以夏徵舒杀君为缘由，进攻陈国。楚王对陈国的百姓说："你们不要害怕，我只杀夏徵舒，你们放我进城。"陈国百姓便将城门打开，楚王进城后，捉住了夏徵舒，将他车裂。

夏徵舒以下犯上，杀了国君，这诚然有错，但是他的行为与其母亲夏姬的荒淫不无关系。身为母亲，因自己的罪孽将亲身骨血残害。发生这样的惨剧，我不知夏姬做何感想。

虽然儿子和丈夫都已失去，但夏姬的故事还在继续。楚王杀了夏徵舒后，便捉拿了夏姬。夏姬妖娆妩媚，楚王又被其美色俘虏，想要纳夏姬为妾。据《左传》成公二年记载，楚国有个叫申公巫臣的大臣，他对楚王说："这是不可以的。国君您当初讨伐陈国是为了捉拿有罪的夏徵舒。如果今天您娶了夏姬，天下人就会以为您讨伐陈国是为了夏姬的美色。贪恋美色就是淫，这会受到上天的惩戒。《周书》说：'明德慎罚。'周文王就是凭借着这一点才创立了周朝。国君您要三思而后行啊！"楚庄王只好作罢。但夏姬的美色又打动了楚国大臣子反。子反也想要娶夏姬。巫臣劝说子反："夏姬是不祥之人，她克死了子蛮、夏御叔和陈灵公，就连她的儿子夏南也被杀了。孔宁和仪行父两位大臣还在外逃亡，陈国也因她而灭亡。为什么一个女子能够不祥到这般田地？人活一世，十分不易，如果你娶了她，恐怕也会落得个悲惨的下场。天下美女太多了，为什么就一定非她不可呢？"子反觉得巫臣所言有理，便也打消了这个念头。巫臣对楚王跟子反说得振振有词，但他自己也十分迷恋夏姬，无法自拔。

楚王没有得到夏姬，便将夏姬嫁赐予楚襄老，但楚襄老婚后不久在战场被杀了。要说父亲死了，儿子应当是最悲痛的。可讽刺的是，楚襄老的儿子黑要却被夏姬迷得神魂颠倒，也想占有夏姬。巫臣察觉后，私下派人给夏姬传话，说："你回娘家郑国去，我娶你。"另一方面又让郑国派人和夏姬说："你丈夫楚襄老的尸首在郑国，但你必须亲自来迎。"夏姬赶忙去向楚庄王请示，楚庄王便与巫臣商量同意让夏姬回郑国。夏姬走后不久，巫臣赶往郑国，聘夏姬为妻，郑国的国君就同意了。楚共王即位后，派巫臣出使郑国，巫臣让自己的手下将出使送给他国的财物全部送回了楚国。带着夏姬逃亡到齐国，齐国当时正在打仗，又辗转逃到了晋国，做了晋国的臣子。巫臣当初义正词严地劝说楚庄王和子反不要娶夏姬，但自己早就预谋与夏姬私奔。子反对此事耿耿于怀，后来竟然联合子重杀了巫臣全家。后来申公巫臣借吴国之力伐楚，使子反"一岁七奔命。"

夏姬的女儿成年后，叔向想要娶她，但叔向的母亲坚决反对，她说："子灵（巫臣）之妻杀三夫（陈御叔、楚襄老、巫臣）、一君（陈灵公）、一子（夏南），而亡一国（陈国）、两卿（孔宁、仪行父）。"后来，在晋国国君的强迫之下，叔向与夏姬的女儿成婚了，婚后不久便生下一子，取名伯石。有人向叔向的母亲道喜，叔向的母亲想要看看自己的孙子。到了堂上，便听见婴儿的哭声，于是没去看孙子，并对别人说："这个婴儿的哭声好像豺狼一样。狼子野心，唉，千万不要灭了我们羊舌氏啊！"

夏姬，虽然生得美艳绝伦，但成为不祥之人，自己的丈夫、儿子、国君都因她而丧命。最后，连她的女儿也因为母亲的名声不好，险些不能出嫁。

叔向母亲的话，代表了当时人们对夏姬的看法，但客观地说，在当时社会里，夏姬也有她不得已的方面。

夏姬就是这样一个传奇的女人，一个历史学家口中的"红颜祸水"，因她先后与三个国君有染，故称"三代王后"；她先后嫁了七次，又称"七为夫人"；有九个男人因她而死，又称"九为寡妇"。刘向《列女传》将其列入"孽嬖传"中，并评价说："夏姬好美，灭国破陈。走二大夫，杀子之身。殆误楚庄，败乱巫臣。子反悔惧，申公族分。"当然，刘向也批判和他有关男人的"贪色"，认为他们"嬖色殒命"是咎由自取。这样的"传奇人生"只有在春秋末年礼乐崩坏的局面之下才会出现。

孔子说"《诗》可以观",借《株林》可知,夫子的谆谆教诲,也可观人性的弱点。

就是这样既神秘又奔放的社会环境孕育了自由浪漫的《陈风》,这些美丽的歌谣真实反映了上古时期陈地的民俗风情。《陈风》中的爱情诗篇是古老的巫风与春秋时期的娱乐风气共同激荡下产生的结果,直到今天,我们似乎都能感受到那一个个在月影下婆娑起舞的女巫美艳绝伦的无穷魅力,也能感受到爱恋他们的男子那爱而不得、搔首踟蹰的苦恋情怀。陈国的东门之外,宛丘之上,那里是青年男女约会的一片乐土,浪漫缠绵的歌谣从那里传出,穿过历史的迷雾,经久不衰。

《株林》美人勾引马车飞驰

# 后　记

　　《诗经》中的每一篇作品，最初都源于一个具体的"事件"：或许是某个人的故事，一段难忘的往事，一个劳动场景，一场庄重的祭祀仪式，一个热闹的节日，一次河边的邂逅，一桩朝廷的政事，甚至是一些道听途说的传闻或绯闻。这些隐藏在诗文背后的"文学事件"，激发了诗人、歌者或舞者，他们用鲜活的生活细节、生动的意象、传神的语言及契合礼仪的乐舞表演，全方位展现了上古时期，尤其是周代社会生活的各个层面。从西周中后期到春秋时期，随着时代的变迁，经过多次编纂，《诗经》的文本在春秋中叶最终定型。

　　在《诗经》文本编纂的过程中，其"经典化"也在持续推进。春秋时期，熟练掌握并运用、评论《诗经》成为君子"风雅"的象征。观《诗》舞《诗》、歌《诗》评诗、赋《诗》言志、引《诗》足志，成为上层社会人际交往、外交往来以及朝堂议政中的主要交流方式。随着官学的下移和私学的兴起，《诗经》逐渐成为诸子百家的公共学术资源和教育素材。他们引用或化用《诗经》中的篇章或诗句，以阐述学说、表达观点、评论时政和人物事件。

　　因此，在对《诗经》主旨的解读上，逐渐形成了追寻诗人创作动机的"本义派"、揭示诗篇创作背景的"历史派"、描述诗篇社会功能的"讽谏派"等。他们分别致力于阐释《诗经》诗篇的"作诗者之义""采诗者之义"和"用诗者之义"。面对这种情况，孟子提出了"诗无达诂"的阐释策略，用以掩盖诗文本脱离其原有创作、传播和评论语境后，隔代解《诗》者面临的"尴尬"局面。虽然《诗经》的文本代代相传，从未中断，我们也拥有比古人更丰富、更具阐释力的理论，但当我们面对三千多年前的《诗经》文本时，想要准确揭示诗篇的创作动机、时代背景和功能形态，也绝非易事。

本书选取的 50 多首诗篇，均与周代社会的婚姻与恋爱相关，传统《诗经》研究将其归类为"婚恋诗"。对这些诗篇的研究固然充满趣味，但相较于祭祀诗、农事诗、战争田猎诗等题材的诗篇，它们一直是自汉代以来《诗经》学者分歧最多的内容。多年来，我们为西北师范大学文学院本科生开设了"《诗经》导读"选修课，也为古典文学专业研究生开设了"《诗经》研究""《诗经》学史""先秦诗歌演变"等专业课程。在课堂内外，我们引导学生在通读汉、唐、宋、清各代《诗经》旧注的基础上，对上述婚恋诗篇展开深入讨论。立足当代视角读《诗经》，并从个体社会角色出发去解读，是我们揭示这 50 多首婚恋诗背后"故事"的两个主要切入点。正因如此，书中对具体诗篇的解说可能存在主观臆断的地方，这一点需要特别说明。书稿完成后，我们邀请了西北师范大学美术学院的王滢博士为本书绘制插图，提升了书籍的可读性，特致谢忱。

　　由于各种原因，此书才得以面世。然而，回想起与学生们在课堂上讨论、撰稿和修改的种种细节，还历历在目。在众多学生之中，王素洁在讨论和撰写工作中贡献最多。在攻读博士学位期间，她参与了《中国大百科全书》"先秦文学卷"中有关《诗经》辞条的撰写工作。在此过程中，她不仅重新研读了《诗经》，还兼顾了《故事里的〈诗经〉》稿件的修改工作，这一点特别予以说明。最后，还要向甘肃文化出版社的领导和编辑老师致以衷心的感谢，他们为这本小书的编辑出版付出了辛勤劳动。

编著者<br>2025 年 6 月 15 日